PARIS —TYPOGRAPHIE DE FIRMIN.DIDOT FRÈRES,
rue Jacob, 56.

EMPLOI DE L'AIRAIN

A DÉFAUT DU FER,

CHEZ TOUS LES PEUPLES, POUR LA CONFECTION DE LEURS ARMES,
DE LEURS ARMURES ET DE LEURS PRINCIPAUX USTENSILES.

NOTICES INTÉRESSANT LES PEINTRES D'HISTOIRE, LES LITTÉRATEURS ET LES ARCHÉOLOGUES,

PAR **A. F. MAUDUIT.**

CORRESPONDANT HONORAIRE DE L'INSTITUT ROYAL DE FRANCE
ET TITULAIRE DE L'ACADÉMIE DES SCIENCES, ARTS ET BELLES-LETTRES DE DIJON,
DE LA SOCIÉTÉ DES ANTIQUAIRES DE NORMANDIE,
DE CELLE D'HISTOIRE ET D'ARCHÉOLOGIE DE GENÈVE,
MEMBRE DE LA SOCIÉTÉ ROYALE DES ANTIQUAIRES DU NORD
ET ASSOCIÉ HONORAIRE DE PREMIÈRE CLASSE
DE L'ACADÉMIE ROYALE DES BEAUX-ARTS DE FLORENCE.

PARIS,

LIBRAIRIE DE FIRMIN-DIDOT FRÈRES,
RUE JACOB, 56.

LIBRAIRIE DE MATHIAS,   LIBRAIRIE DE B. DUPRAT,
QUAI MALAQUAIS, 15.   CLOÎTRE SAINT-BENOÎT, 7.

MDCCCXLVII.

AVANT-PROPOS.

Vers la fin de 1839, quand je livrais à l'impression l'œuvre que j'ai publiée sous ce titre: *Découvertes dans la Troade et dans les traductions d'Homère*, d'où sont tirées les dissertations composant le présent opuscule, la presque totalité des hommes qui cultivent la littérature et les arts par état ou pour leur seule satisfaction, avaient la persuasion que, dès les premiers temps où l'on a su tirer parti des métaux, le fer était la matière qui servait le plus généralement à la confection des armes et des armures. Cette erreur, en ce qui concerne les littérateurs, les artistes et les gens du monde, est fort concevable, car elle provenait, d'abord, de ce que, dans toutes les contrées civilisées, en fait d'armes et d'instruments propres aux travaux de la terre, aussi bien qu'à ceux des constructions, leurs yeux n'avaient jamais été portés que sur des objets de *fer*, et ensuite parce que, connaissant l'histoire des peuples anciens seulement par les traductions, ils avaient vu dans toutes ces traductions ce mot *fer* employé communément partout où il était question de ces armes et de ces instruments.

M'étant proposé de prémunir plus particulièrement les artistes, cette classe d'hommes à laquelle j'ai appartenu par les études de ma jeunesse, contre une erreur si puissamment accréditée depuis tant de siècles, je pensai que ce que j'avais de mieux à faire pour réussir dans la tâche qu'une sorte de sentiment d'honneur national me faisait entreprendre, c'était de démontrer, par les propres expressions du plus ancien, du plus illustre historien dont les écrits nous sont parvenus, que les héros dont il nous rapporte tant de hauts faits, probablement en raison de la pénurie où, dans leur temps, on était du *fer*, et aussi de la difficulté excessive que l'on éprouvait alors à travailler cette matière, n'en faisaient guère usage que pour les travaux de l'agriculteur ou du charpentier, et que, généralement, leurs armes étaient d'*airain*. Mais, ne me dissimulant pas la force du préjugé que j'avais à combattre, et considérant en outre que le plus grand nombre de citations qu'il me conviendrait de faire pour justifier mon assertion, devaient être puisées dans les auteurs grecs, je jugeai nécessaire de réclamer l'assistance de notre Académie des inscriptions. A cette fin, je composai un mémoire que j'adressai aux membres de cette Académie, et que je terminais en les priant de vouloir bien faire constater, par des hellénistes pris parmi eux, l'exactitude des passages nombreux dont je donnais les traductions, et, conséquemment, la réalité du fait dont je me montrais avoir à cœur de répandre plus généralement la connaissance.

Par une fatalité étrange, la dissertation dont il s'agit ne put arriver jusqu'à MM. les académiciens, et je fus privé de la satisfaction que j'aurais eu à mettre, par leur moyen, ma proposition hors de tout débat sérieux. Pour suppléer, autant qu'il était en moi de le faire, à la garantie que je n'avais pu obtenir, je dus me contenter, dans ces premiers temps, de livrer à l'impression le cahier qui m'était revenu, faut-il le dire? *vierge de toute*

lecture, et d'en faire distribuer des exemplaires indi-
viduellement à chacun des doctes personnages dont
j'avais désiré me procurrer un avis collectif.

Aujourd'hui, encouragé par l'importance des adhé-
sions que j'ai reçues dans le cours de cinq années maintenant écoulées (1), c'est en toute confiance, je l'avoue,
que je reproduis, en faveur des hommes que j'ai dési-
gnés au début de cet écrit, non-seulement tout ce qui,
dans mon premier travail, m'a paru propre à préparer
leur conviction relativement à cette question de l'emploi de l'airain, chez les peuples de l'âge héroïque,
mais, de plus, les fruits des recherches auxquelles je
me suis livré plus tard, en vue d'éclairer cette même
question en ce qui touche des temps plus rapprochés
de nous, et la plupart des autres peuples du globe.

MAUDUIT.

(1) Voici, entre autres, comment M. Nicolini, helléniste, digne
disciple du célèbre Zannoni et secrétaire perpétuel de l'Académie
royale des beaux-arts de Florence, s'exprimait dans une lettre por-
tant la date du 20 janvier 1843, quand il ne connaissait encore que
la première des dissertations qui vont suivre :

« *Ho letto ed esaminato il suo discorso sugli errori ch' anno avuto*
« *luogo in tutte le traduzioni d'Omero intorno al valore rispettivo delle*
« *parole greche calchos e sideros, e mi par che la ragione sia vittorio-*
« *samente dalla parte della sua opinione, ed ella abbia questo punto di*
« *critica condotto a dimostrazione.* »

AVIS.

——

Les lecteurs sont prévenus que les initiales nn, mises à la suite de quelques-unes des notes qui accompagnent les dissertations composant cet opuscule, désignent les notes nouvelles faites pour cette édition. Quant aux M majuscules terminant un assez bon nombre des notes de l'article intitulé Emploi de l'airain chez les Hébreux, elles ont pour objet de faire connaître que ces notes sont de l'auteur de ces mêmes dissertations, et non pas des auteur à qui il a fait des emprunts.

Voyez, pour les sommaires, à la fin du volume.

EMPLOI DE L'AIRAIN

A DÉFAUT DE FER,

CHEZ LES GRECS DE L'AGE HÉROIQUE.

Observations adressées le 3 août 1841, aux membres de l'Académie des inscriptions et belles-lettres, touchant des erreurs très-graves qui se perpétuent dans les traductions d'Homère.

Messieurs,

Après avoir fait remarquer, dans l'une des dissertations dont vous avez bien voulu agréer l'hommage, qu'un certain nombre de nos érudits confondent dans une même acception les mots *airain* et *bronze*, et que, dans son état actuel, la définition que donne le dictionnaire de l'Académie, pour le premier mot, contribue à accréditer l'opinion que l'un et l'autre sont synonymes (1), j'ai exprimé le vœu qu'on pût s'entendre pour assigner à chacun d'eux la signification qui peut à bon

(1) On trouve dans ce dictionnaire, au mot *Bronze* : « alliage de cuivre, d'étain et de *zinc*. » Or, on peut voir, par ce que j'ai rapporté du premier mémoire de Mongez, IIᵉ partie, p. 118-120 des *Découvertes*, que toutes les analyses qui ont été faites par plusieurs de nos chimistes, pour reconnaître la nature du bronze antique, ont prouvé que c'était un alliage de *cuivre* et d'*étain*, et qu'il n'y entre point de *zinc*.

droit lui appartenir. Il me paraît qu'il serait encore plus important que les hellénistes s'accordassent une bonne fois sur la signification respective que les mots grecs *chalkos* et *sidéros* ont pu avoir à l'époque homérique ; car je considère la confusion qui a régné jusqu'à ce jour, particulièrement dans les traductions de l'Iliade et de l'Odyssée, comme la véritable cause du singulier anachronisme que l'on peut voir depuis la renaissance des arts dans celles des œuvres de nos peintres qui ont pour objet des faits tirés de ces immortels poëmes. Ce sont très-certainement les traductions vicieuses qui ont été faites de certains termes employés par le prince des poëtes qui ont occasionné l'erreur de nos artistes ; erreur tellement enracinée maintenant, qu'il ne faudrait peut-être pas moins que le concours de votre Académie et celle des Beaux-Arts, appuyé des exemples que pourront donner quelques-uns de nos meilleurs littérateurs et de nos plus illustres peintres, pour la détruire complétement.

Eh ! comment ne se maintiendrait-elle pas cette erreur, quand les traductions nouvelles des écrits du divin poëte qui se multiplient, on peut dire, sous vos yeux, tendent à la perpétuer ? Permettez-moi, Messieurs, de justifier à l'instant même ce que j'avance, par des faits bien évidents. Je les prendrai dans la dernière des traductions de l'Iliade qui ont été admises dans votre bibliothèque, celle de Dugas-Montbel, qui est considérée, m'a-t-on dit, comme l'une des meilleures que nous possédions.

Dans ce livre, non-seulement le mot *fer* est employé très-fréquemment comme équivalent de glaive, d'épée.

de dards, de traits et de pointes, mais, bien plus, les mots *chalkos* et *sidéros*, dont l'un, le premier, au temps d'Homère, il y a de bien fortes raisons de le croire, ne pouvait exprimer que *du cuivre*, et l'autre, comme on le pense généralement, peut signifier *du fer*. Ces deux mots sont aussi très-souvent confondus dans une même acception : j'entends par là que l'un et l'autre mot grec sont traduits presque indistinctement par le même mot français; celui de *fer*. Cela n'arrive pas seulement une ou deux fois, et comme on pourrait dire par *mégarde*; le mot *chalkos*, qui revient si fréquemment dans l'Iliade quand il est question de combats, est traduit à peu près autant de fois par *fer* que par *airain* (1). Il résulte de ces traductions vicieuses que, dans une même phrase, un même objet se trouve être à la fois *d'airain* et *de fer*; ainsi on lit dans la traduction que j'ai sous les yeux (2) : « Hector, armé d'un glaive énorme, frappe la lance d'Ajax à l'endroit où *le fer* est attaché au bois, et la coupe entièrement..... Loin du guerrier, la pointe *d'airain* a retenti en tombant sur la terre (3).

Plus loin, dans ce même chant, page 435, Énée lance

(1) Si l'on fait abstraction des cas où il s'agit d'armes défensives, telles que des casques, des boucliers, des cuirasses, etc., on peut dire qu'il est traduit aussi fréquemment par *fer* que par *airain*.

(2) Celle de la collection des auteurs grecs publiée par MM. Firmin Didot frères, avec le texte en regard, édition de 1828 et 1830, chant XVI, tome II, page 395.

(3) Il eût fallu probablement, pour rendre tout à la fois la pensée et éviter les répétitions, dire : « . . . . . à l'endroit où la *pointe* est attachée au bois . . . . . Loin du guerrier, l'*airain* a retenti en tombant sur la terre. »

à Mérion un javelot *d'airain* (notre helléniste a cette fois, exactement rendu l'expression grecque). Mérion a évité le coup par un mouvement de son corps. Le javelot s'étant enfoncé très-profondément dans la terre, Énée, tout glorieux, dit à son ennemi : « Mérion, quoique tu sois un danseur habile, *ce fer* t'eût pour jamais arrêté, si j'avais pu t'atteindre...... »

Dans la traduction que ce même Dugas-Montbel nous donne des vers 256-258 du chant XXe, il fait répondre par Énée à Achille : « Va, par tes paroles tu ne « me feras point perdre ma vaillance avant que je t'aie « combattu en face avec *ce fer;* mais approche, et dé- « chirons-nous l'un l'autre de nos lances *d'airain......* »

On ne peut se le dissimuler, Messieurs, c'est le vice de ces expressions dont les traductions anciennes n'offrent pas moins d'exemples, et contre lesquelles, autant que je le puis savoir, aucune voix sortie du sein de votre Académie ne s'est élevée; c'est, dis-je, le vice de ces expressions qui se représentent si souvent, qui a entretenu jusqu'à ce jour dans l'opinion de nos artistes cette erreur qu'ils contribuent à maintenir dans l'esprit des gens du monde, à savoir, que *le fer* était généralement employé, dès l'âge héroïque, tout au moins pour la confection des armes offensives, tandis qu'au contraire il résulte de la lecture attentive que l'on peut faire dans le grec de tous les passages de l'Iliade où les mots *chalkos* et *sidéros* sont employés, pour ne parler que de ce livre, qu'au temps où il fut composé, *aucune espèce d'armes offensives et défensives*, à la seule exception de quelques flèches et d'une masse d'armes, n'était confectionnée avec cette matière, non plus qu'avec *l'acier.*

Pour justifier ce que j'avance ici, je pars d'un point. Je dis : Si ce que nous appelons *fer* était déjà en usage parmi les Grecs à l'époque homérique, il n'y a point à douter qu'il n'ait été exprimé par le mot *sidéros* qu'on trouve quelquefois dans Homère : or, notre poète n'emploie ce mot *sidéros* que bien rarement à l'égard des armes : les seules de cette matière qui soient citées dans l'Iliade, et ce sont des armes offensives, sont, comme je viens d'en faire l'observation, des flèches et une massue. En fait de flèches, je n'ai trouvé, en compulsant avec attention les vingt-quatre chants de ce poème, qu'un seul passage où il en soit cité de ce métal, savoir, dans le chant IVe, vers 123. Pour ce qui est des masses d'armes ou massues, je n'ai également vue mentionnée, comme étant de *sidéros*, que celle d'Aréithoüs. Il est dit bien positivement, chant VIIe, vers 141-144, que cette massue était de *sidéros*; mais, chose bien remarquable, ces deux espèces d'armes n'étaient point fabriquées en *sidéros* à l'exclusion du *chalkos*, car dans le chant XIIIe, vers 662, on voit Pâris lancer une flèche d'*airain* qui va frapper Euchénor au-dessous de l'oreille, et dans le chant XVe, vers 465, on trouve cette expression *chalkobarès*, qui, dans cette occasion, doit signifier aussi *flèche* ou trait d'*airain*, le mot *bélos* ou celui d'*oïstos* devant être sous-entendu.

Relativement aux masses d'armes ou massues, celles dont on faisait usage dans les combats sur mer, qui avaient jusqu'à vingt-deux coudées de longueur, devaient être de bois; leur extrémité seule était revêtue de métal, et ce métal était de *l'airain*. On peut voir pour cela les vers 385-390 du chant XVe. Dans ce même chant, vers

675-678, il est aussi fait mention de massues de cette espèce que Dugas-Montbel nous dit être garnies de pointes *de fer*; mais je crois que c'est par erreur; car, s'il y a dans le texte une expression qui peut signifier *garni de chevilles*, rien du reste, selon ce qu'il me semble, n'indique que ces chevilles fussent *de fer*. La massue d'Aréithoüs forme donc exception : aussi, faut-il l'observer, Homère la cite comme un présent fait à ce guerrier par le dieu Mars. Il faut également ranger parmi les exceptions la flèche dont il est question au vers 123 du chant IVe, car cette flèche, qu'Homère place dans la main de Pandarus, avait aussi été donnée à cet archer célèbre par une divinité, par Apollon.

A en juger toujours par des citations prises dans l'Iliade, la matière nommée *sidéros* était employée particulièrement pour des instruments et ustensiles, mais point généralement, puisqu'on voit mentionnée, dans le vers 640 du chant XIe, une râpe qui était *d'airain*. Il paraît de plus que les longs couteaux que les guerriers grecs de ce temps portaient attachés près de leur épée, étaient aussi faits *d'airain*, car celui dont il est question dans le chant IIIe, et dont se sert Agamemnon pour égorger les agneaux qu'il offre en sacrifice à Jupiter, est de *chalkos*.

L'emploi le plus important du *sidéros* était pour des haches, comme on peut le voir d'abord par cette comparaison que l'on trouve au chant IVe, vers 485 : « Tel est un peuplier..... coupé par le fer d'un ouvrier habile..... »; ensuite par le vers 30 du chant XXIIIe, que Dugas-Montbel a traduit ainsi : « De nombreux taureaux égorgés tombent sous le fer en mugissant. » Il n'y a

point à douter que le mot *sidéros* ne figure dans l'occasion présente comme équivalent de *hache* ; car le poëte
a pris le soin, dans les vers 520 et suivants du chant
XVII⁰, de nous apprendre comment, de son temps, on
abattait les bœufs ou les taureaux : « Ainsi, dit-il, lorsqu'un homme dans la force de l'âge, armé d'une hache
(*pélekoûn*), frappe entre les deux cornes un bœuf rus-
tique, ce bœuf bondit et tombe. » Enfin, les vingt haches
qui, lors des funérailles de Patrocle, furent données en
prix, dix à deux tranchants à Mérion et dix simples à
Teucer, étaient aussi de *sidéros* ; mais il faut toujours y
faire attention, même pour ces instruments, le *sidéros*
n'était point employé en ce temps à l'exclusion du *chal-*
kos ; il y a même lieu de croire que c'est ce dernier
métal qui était le plus généralement employé pour ces
objets ; je fonde cette opinion sur les trois passages
suivants :

Dans le chant I⁰ʳ, pages 20 et 21 de la traduction de
Dugas-Montbel, on lit ces paroles, que, dans sa colère,
Achille adresse à Agamemnon : « Je jure par ce sceptre
qui désormais ne reverdira plus, depuis que, séparé du
tronc, *l'airain* (1) l'a dépouillé de ses feuilles. » Dans
le chant XIII⁰, p. 231, alinéa 11-13, il est dit : « Im-
brius tombe comme un jeune frêne qui est abattu par
l'airain. » Dans ce passage, c'est encore le mot *chalkos*
qui est employé. Enfin, les haches dont les guerriers
d'Achille se servent pour abattre le bois qui dut con-
sumer le corps de Patrocle, étaient aussi *d'airain,* quoi

---

(1) Dugas-Montbel et Bitaubé ont employé ici fort inconvenable-
ment le mot *fer*.

qu'en dise Dugas-Montbel, qui les fait *d'acier étincelant*. On peut s'en assurer en lisant les vers 114-118 du chant XXIIIe.

Il est très-présumable, quoique le poëte ne s'explique pas là-dessus, que les enclumes et les marteaux étaient aussi de *sidéros*. Un objet cité comme étant de cette matière me fournit une raison de plus de croire que, si c'était *du fer*, ce métal était encore fort peu commun au temps d'Homère ; car c'est un essieu, et cet essieu est celui du char de Junon ; sur lequel la déesse monte en compagnie de Minerve, lorsque l'une et l'autre vont secourir les Grecs, fort maltraités en ce moment par les Troyens. L'essieu du char de Diomède, de ce char qui, cependant, à en juger par la description qu'Homère en fait, devait être le plus riche de ceux que l'on remarquait dans l'armée grecque, cet essieu, dis-je, était simplement en bois de hêtre.

J'arrive maintenant à une autre observation d'un très-grand intérêt, que me fournit encore la description des jeux célébrés à l'occasion de ces mêmes funérailles de Patrocle, car, en rapprochant ce passage de celui de Pline que j'ai cité à la page 179 de la Ire partie de mon livre, il prouve qu'en effet, comme l'a très-judicieusement avancé l'écrivain latin, le *fer* fut primitivement employé pour l'agriculture : c'est certainement dans Homère et dans le passage suivant que le célèbre naturaliste a puisé la remarque que je rappelle en ce moment. On va voir, par ce passage, que, *dans l'âge héroïque*, ce devait être encore plus particulièrement aux besoins de *l'agriculture* que le *sidéros* était consacré.

Après avoir fait apporter au milieu de ses compagnons un bloc de sidéros, ou, comme le dit Mme Dacier, une prodigieuse boule *de fer* rude et grossière (1), qu'Achille tenait d'Éétion, et dont ce roi avait l'habitude de se servir dans ses exercices, le fils de Pélée leur dit : « Approchez, ô guerriers qui voulez tenter la fortune « de ce combat ; celui qui sera maître de ce bloc, lors « même qu'il posséderait une vaste étendue de champs « fertiles, aura *du fer* à son usage durant cinq années ; « pendant tout ce temps, *ni le laboureur, ni le berger* « n'en manqueront, et ils ne seront pas obligés d'aller « à la ville prochaine ; ce bloc leur en fournira abon- « damment. » Dacier, chant XXIIIe, tom. III, pag. 349.

Si on voit, par un assez bon nombre de traits que je viens de rapporter, que l'airain était employé concurremment avec le fer, et même plus généralement que ce dernier pour les pointes de flèches, les massues et les haches, le mot *chalkos* qui lui est affecté dans la langue grecque, je ne saurais assez le répéter, est, lui, bien exclusivement employé par le poëte, non-seule-

---

(1) Dugas-Monthel dit : *Un bloc de fer*, masse *telle qu'elle sortait de la fournaise*. Ces deux versions me paraissent également appuyer la conjecture que j'ai émise, que le sidéros pouvait bien n'être autre chose que cette espèce de cuivre que l'on connaît encore chez nous dans le commerce sous le nom de cuivre noir, et l'opinion de M. d'Arcet, qui veut que le sidéros ne soit pas *du fer* proprement dit, mais bien de la fonte de fer. La nature de ces deux matières, que ce soit l'une ou l'autre qui ait été connue sous le nom de *sidéros*, expliquerait d'une manière également satisfaisante pourquoi on n'employait ce sidéros que pour des objets courts ou épais, servant à frapper, à percer ou à fendre, et non point pour des armes et instruments coupants et taillants.

2

ment pour toutes les armes défensives, telles que les casques, cuirasses et boucliers qui étaient de métal (1), mais même pour toutes les autres armes offensives, comme les épées, les lances, piques et javelots ; et il est fort rare que, dans le texte, quelques-uns des mots qui représentent ces noms, et qui y reviennent si souvent, ne soient accompagnés de celui de *chalkos* ou de l'un de ses dérivés. Il n'y a donc aucunement sujet de douter que tous ces objets, à cette époque, ne fussent *d'airain*. C'est donc bien à tort que la presque totalité des peintres qui, depuis la renaissance des arts, ont eu à traiter des sujets appartenant à l'âge héroïque, ont représenté les héros grecs de ce temps couverts et combattant avec des armes *de fer* (2). Mais je l'ai dit,

(1) Je dis qui étaient de *métal*, parce que, particulièrement pour les boucliers et les casques, on employait aussi le *cuir*. Quand Ulysse et Diomède quittent le camp la nuit pour aller reconnaître les positions des Troyens, Trasimède et Mérion leur mettent à chacun sur la tête un casque de *cuir*.

(2) Il n'est aucun helléniste qui, y apportant l'attention que j'y ai mise, ne puisse reconnaître que, dans tous les cas si nombreux qui se présentent dans la lecture de l'Iliade, aux seules exceptions que j'ai fidèlement citées, non-seulement c'est le mot *chalkos* qui est constamment employé pour déterminer le métal dont étaient formées toutes les armes offensives et défensives de cette époque, mais que c'est aussi constamment ce mot *chalkos* qui se présente comme équivalent de glaive, d'épée, de piques, lances, javelots, etc., etc., etc. On retrouve presque à chaque page, et souvent jusqu'à trois fois dans une même page, quand le poëte décrit des combats, des expressions équivalentes à celles-ci : frappé par l'airain, tombé sous l'airain, percé par l'airain ; l'airain cruel, l'airain indompté, l'airain impitoyable, l'airain inflexible, l'airain tranchant, l'airain aigu, l'airain meurtrier, l'airain homicide. Pendant que je suis sur ce sujet,

vous me le pardonnerez, Messieurs, parce qu'il importait, comme vous l'allez voir, que j'en fisse là remarque : cette erreur leur vient des hellénistes. Il est évi-
dent que nos artistes, qui généralement ne possèdent
pas le grec, ne peuvent connaître Homère que par les
traductions : aussi est-il des plus naturel que, s'en
rapportant à des écrits que recommande la haute répu-
tation dont ont joui successivement les interprètes à
qui ils sont dus, voyant dans ces écrits ce mot *fer* reparaître si fréquemment, ils aient cru et persistent à

je crois devoir répondre à ceux de mes adversaires qui tenteraient
de justifier, dans les traductions que je cite, l'emploi du mot *fer*
comme équivalent de glaive, d'épée, etc., sur ce que cette licence
est devenue chez nous d'un usage général, depuis déjà bien des siècles. Je répondrai à cela que cet usage n'a pu prendre naissance
que depuis que le fer a été lui-même généralement employé pour la
confection tout au moins des armes offensives, mais qu'il n'en serait
pas moins absurde de s'y conformer quand on aura à traiter des faits
appartenant à un temps où, bientôt, l'on ne pourra plus douter
que tous les objets dont il s'agit étaient d'*airain*. Et quand Homère,
qui ne connaissait pas l'emploi du *fer* pour de tels usages, et qui
prend le soin de bien spécifier ce qui, de son temps, était d'or,
d'argent, d'étain, d'airain ou de fer, cite des objets quelconques
comme étant d'*airain*, puisque le but principal que doit se proposer
un traducteur est de rendre particulièrement la pensée et l'intention
de l'auteur original, le moins que les nôtres puissent faire, c'est, il
me semble, de s'exprimer comme notre poëte l'a entendu. S'ils ont
en vue d'éviter des répétitions trop fréquentes, ils peuvent, pour peu
que le sens leur laisse la faculté de le faire, s'abstenir, en ce qui regarde notre sujet, de citer la matière dont l'arme est formée; mais
s'ils jugent convenable de la spécifier, ils ne doivent pas nous induire
en erreur en écrivant le nom d'un métal tout autre que celui dont il
est fait mention dans le texte qu'ils ont la prétention de traduire aussi
littéralement que possible.

2.

croire que cette matière était, dès ce temps, généralement en usage. La source de cette erreur, Messieurs,
la rend d'autant plus grave : c'est parce que j'en avais
envisagé toute l'importance que, écoutant en cela plus
mon zèle que mes moyens, voyant que le petit nombre
d'écrits où les vérités que je proclame sont déjà articu-
lées et démontrées en partie (1), restent ignorés des
personnes à qui il importe le plus de les connaître, je
me suis proposé de distribuer gratuitement, s'il le faut,
le livre qui contiendra tout ce qu'il m'aura été possible
de recueillir de plus essentiel sur ce sujet. Mais, Messieurs, quand déjà je donnais suite à cette résolution,
une considération puissante m'a porté soudainement à
en suspendre les effets : j'ai été contraint de reconnaître
que, au titre d'érudit, je ne jouis point d'assez d'autorité auprès des hommes à qui je m'adresse particulièrement, pour que, sur ma seule invitation, ils se sentent
disposés à prêter à mes observations l'attention qu'il est
indispensable de leur accorder pour en tirer quelque
avantage; je suis donc bien loin de me flatter que ma
voix suffise pour faire naître dans l'âme de nos artistes
et de nos littérateurs les plus renommés, le désir de
concourir, par les exemples qu'ils voudraient bien donner, à la destruction de l'erreur dont il s'agit, erreur
fort excusable assurément, mais qui n'en paraîtra pas

_____

(1) Les passages d'Hésiode, de Pausanias, de Pline et de Proclus,
que j'ai cités aux pages 127, 129, 130, 132, et dans une note de la
page 141 de mes Réponses, ainsi que le premier et le troisième Mémoire publiés par Mongez sur le bronze des anciens, dont j'ai donné
des extraits aux pages 118, 119, 120, 125 et 133 de ces mêmes
Réponses.

moins un jour fort, étrange, quand on se dira qu'elle
existait encore au milieu de ce siècle. Ne convient-il
donc pas, Messieurs, que vous vous employiez pour
que l'on puisse du moins dire également que c'est dans
ce siècle, et par suite des soins que vous aurez pris en
cette occasion, que cette erreur aura été généralement
dissipée ?

Voici, Messieurs, ce que je me permets de vous proposer dans cette vue : ce serait d'abord de charger celui
de vos hellénistes qui voudra bien prendre ce soin, de
vérifier l'exactitude des faits que j'ai plus particulièrement exposés dans le présent écrit ; ensuite, pour le
cas où vous jugeriez que le rapport qui pourra vous
être fait à ce sujet, puisse, par sa publication dans les
mémoires de votre Académie, produire un bien désirable, j'exprime le vœu que vous vouliez bien augmenter
les chances de succès, en ordonnant un tirage à part
de quelques feuilles de ce rapport, à l'effet de les faire
tenir à l'Académie des beaux-arts, pour être distri-
buées entre les membres qui composent sa section de
peinture.

Je ne sais si je m'abuse, Messieurs ; mais il me semble que les législateurs qui ont constitué notre Institut,
en décidant que toutes les Académies qui le composent
seraient réunies en un seul corps, ont agi de la sorte
dans la pensée que, dans un tel état de choses, les
membres de ces diverses Académies seraient plus à
même de se communiquer les lumières qui peuvent
respectivement leur être utiles. Si telle fut en effet leur
pensée, je crois y répondre convenablement par la proposition que je viens de vous soumettre. Du reste, sa-

chant combien le temps de chacun de vous doit être ménagé, je me suis attaché, comme vous pourrez le voir par un coup d'œil jeté sur les pièces réunies dans le cahier ci-joint, à rendre aussi simple que facile le travail du savant que vous voudriez bien prendre pour rapporteur ; et, d'ailleurs, je vous prie de le remarquer, ce ne sont point des opinions que je soumets aujourd'hui à son jugement et au vôtre, ce sont des faits incontestables que j'expose : je demande seulement, dans l'intérêt des sciences qui ont rapport à votre Académie et à celle des beaux-arts, de donner crédit à mes paroles en constatant la réalité de ces faits qu'il sera si facile à vos hellénistes de vérifier.

Paris, 3 août 1841.

Signé : MAUDUIT.

La pièce qui précède fut déposée par l'auteur le 4 août de la même année, avec le cahier dont il vient d'être fait mention, à la demeure de M. le baron de Walckenaer, secrétaire perpétuel de l'Académie des inscriptions et belles-lettres. Ce cahier contenait trois articles :

Le premier ayant pour titre : *Observations sommaires sur les traductions de l'Iliade de madame Dacier, de Bitaubé et d'Eugène Bareste ;*

Le second : *Note indicative et détaillée des passages de l'Iliade et de l'Odyssée, où les mots* fer, acier, airain *sont faussement employés dans les versions de Bitaubé et de Dugas-Montbel ;*

Le troisième : *Emploi du mot* sidéros *et de ses dérivés dans l'Iliade et dans l'Odyssée.*

Le second et le troisième article ayant été écrits dans la seule vue de faciliter le travail du savant qui aurait pu accepter les fonctions de rapporteur, si les usages de l'Académie lui avaient permis d'en nommer un, et pouvant, par leur étendue et leur nature, paraître trop fastidieux aux personnes qui n'ont point un intérêt personnel dans l'examen du fait important qu'il s'agit de vérifier, nous nous restreindrons à donner ici le premier.

Observations sommaires sur les traductions de l'Iliade de madame Dacier, de Bitaubé et d'Eugène Bareste.

Madame Dacier. — Ayant lu avec attention les huit premiers chants de l'Iliade par madame Dacier, en comparant ses expressions à celles du texte, il m'a paru que cet auteur emploie assez constamment le mot *fer* comme équivalent de glaive, d'épée, de lance, pique, dard et pointe; mais que, quand le mot *chalkos* se trouve joint dans le grec au nom de l'une de ces armes, cette dame se contente, la plupart du temps, de nommer l'arme, en s'abstenant d'y joindre le nom du métal dont elle est formée; mais si elle spécifie la nature du métal, alors, assez souvent aussi, et quoique dans le texte elle ait pu voir le mot *chalkos*, cependant elle en fait une arme *de fer*, ou *d'acier*, et quelquefois même *d'acier très-fin*, en raison de l'épithète qui se trouve jointe au mot *chalkos*. Il est remarquable que, s'il s'agit d'armes défensives, telles que des casques, des cuirasses, des boucliers ou d'autres objets usuels auxquels le mot *chalkos*

est joint, alors elle emploie assez volontiers le mot *airain;*
je dis *assez volontiers*, parce qu'elle ne le fait pas constamment, même pour des objets que nous savons indu-
bitablement être *d'airain.* Ainsi on peut voir dans la
traduction qu'elle donne du vers 420 du chant IVe, où
il est question du bruit que fait l'armure de Diomède
lorsque ce guerrier formidable touche la terre après
s'être élancé de son char, on peut voir, dis-je, que,
dans cette circonstance, elle a encore traduit le mot
chalkos par *fer,* au lieu *d'airain* qu'il fallait dire : « *Le
fer* dont ce héros était couvert, est-il dit dans sa traduction, fit un bruit horrible. » Assurément, dans le
cas présent, ce mot *fer* doit être considéré comme une
version littérale qu'elle aurait prétendu faire, puisqu'il
indique la nature du métal dont les armes qui cou-
vraient le héros étaient formées.

BITAUBÉ. — La traduction de cet helléniste m'a fourni
très à peu près les mêmes observations. Le mot *fer* y
est aussi généralement employé comme équivalent de
glaive, d'épée, etc., souvent aussi comme caractérisant
la nature du métal dont l'arme est formée, et cela,
quoique dans le texte il y ait le mot *chalkos.* Fort souvent aussi ce traducteur évite de spécifier la nature du
metal; on voit qu'il a une répugnance des plus fortes
à reconnaître que les armes offensives de ce temps aient
pu être *d'airain.*

EUGÈNE BARESTE. — Au moment où je termine ces
observations, il n'a encore paru de la traduction de
M. Bareste, pour l'Iliade, que les quatre premiers
chants, et, pour l'Odyssée, que les six premiers. Autant

que je puis en juger par ces premiers fragments, et relativement aux points dont je m'occupe, j'ai lieu de croire que cette traduction sera plus conforme au texte que celles qui l'ont précédée; le mot *chalkos*, quand il est joint au nom d'une arme, y est bien traduit par *airain* et non point par *fer*, comme l'ont fait trop souvent madame Dacier, Bitaubé et même Dugas-Montbel : toutefois, ce nouvel interprète d'Homère n'a encore pu se défendre du préjugé qui porte à croire que l'on peut employer le mot *fer* comme équivalent de glaive et d'épée ou de toute autre arme offensive (1). Ainsi, dans

(1) J'ai à faire absolument la même remarque en ce qui concerne M. Bignan, celui de nos poëtes qui, le plus récemment, s'est donné la tâche de traduire les œuvres d'Homère en vers français. Pour ne parler que de son dernier travail, sa traduction de l'Odyssée qui a paru en 1841, je dois dire que, généralement, comme M. Bareste, il a employé convenablement les mots *airain* et *fer*, c'est-à-dire qu'il l'a fait quand il s'y est vu autorisé par la présence dans le texte des mots *chalkos* et *sidéros* qui leur correspondent. Mais, aussi très-souvent, il s'est servi du mot *fer* comme équivalent d'épée, de glaive, d'une arme quelconque. Je dis *très-souvent*, car, dans le seul chant XXIIe, j'ai trouvé à le reprendre cinq fois, savoir :

A la page 495, où il fait dire à Minerve :

    Immolant les Troyens *d'un fer* opiniâtre.

A la page 496, où il dit :

    Plonge son *fer* pesant dans la muraille même.

A la page 500, il met dans la bouche de Télémaque ces mots :

    Arrête! que ton *fer* ménage l'innocent.

A la page 503, c'est Ulysse qui s'exprime de la sorte :

    Armés d'un *fer* tranchant, hâtez leurs funérailles.

Enfin, à la page 105, on peut lire ces mots :

    . . . . et sous leur *fer* tranchant,
    Ses oreilles, son nez ont tombé, etc.

le chant Ier de son Iliade, il a traduit très à peu près comme l'a fait Dugas-Montbel les vers 233-236 ; il dit, p. 10, 3e alinéa : « Je te jure sur ce sceptre qui désor- « mais ne produira ni feuilles ni rameaux, qui ne re- « verdira plus, depuis que, séparé du tronc sur les « montagnes, *le fer* l'a dépouillé de son écorce. »

Dans le chant IIIe, pour traduction des vers 292-294, où il est question des agneaux immolés par le couteau *d'airain* d'Agamemnon, on lit, p. 66 : « Armé de son « glaive impitoyable, il égorge les agneaux ; puis il les « dépose palpitants sur la terre, privés du mouvement « et de la vie que *le fer* venait de leur arracher. »

A la page 69, 7e alinéa, les vers 361-363 de ce même chant IIIe sont traduits ainsi qu'il suit : « Atride tire « alors son épée ornée de clous d'argent, la lève et « frappe le cimier du casque de son adversaire ; mais « *le fer* se brise en trois ou quatre éclats, s'échappe de « sa main et tombe à ses pieds. »

J'ai remarqué en outre, dans le même chant, au 13e alinéa de la page 67, qu'il a traduit l'épithète *chal-kéreï* du vers 316 par *de bronze*, probablement pour éviter la répétition de l'expression *d'airain* qui, deux lignes plus bas, se trouve jointe au mot javelot. Il eût mieux valu, selon moi, dans cette occasion, conserver l'expression *d'airain* qui appartenait au mot *casque*, et s'abstenir de spécifier le métal du javelot ; car, si le bronze n'est pas la matière qu'Homère a entendu dési- gner par le mot *sidéros*, nous avons de bien fortes rai- sons de douter qu'il ait été connu de son temps (1).

_____

(1) Voyez ce que j'ai dit sur ce sujet aux pages 113, 116, 122 et 169 de la IIe partie du livre intitulé : *Découvertes dans la Troade.*

J'aurais dit : «Puis ils agitent les sorts dans un casque
« d'airain, afin de savoir lequel des deux combattants
« lancerait le premier son javelot. »

Relativement à sa traduction de l'Odyssée, j'ai pu
faire les trois remarques suivantes :

Dans le chant Ier, au 7e alinéa de la page 9, on lit :
« Ulysse ne sera pas longtemps éloigné de sa chère
« patrie, fût-il même retenu par des fers. »

Dans le chant IIIe, p. 56, alinéa 7e, il est dit : « On
« divise en petits morceaux les restes de la génisse, on
« les perce avec des broches, et on les fait rôtir en te-
« nant dans les mains ces broches acérées. »

Enfin, dans la traduction du chant IVe, au 25e alinéa
de la page 70, ce mot acéré revient encore : « Méné-
« las. . . . . suspend à ses épaules un glaive acéré. »

Dans le premier cas, il ne peut être question que de
chaînes ou de liens; car certainement le fer, à l'époque
dont il s'agit, était encore trop peu commun pour être
employé à retenir des captifs : si on se servait alors de
chaînes, elles devaient être d'airain comme les armes et
les armures (1). Par la même raison, dans le second et
le troisième cas, cette expression acérée ne peut conve-
nir non plus, puisque, suivant la définition très-juste

_____

(1) Voici ce que, dans l'occasion présente, le texte grec dit littéralement : « lors même que des liens de fer le tiendraient. » C'est-à-
dire, lors même qu'il serait tenu par les liens les plus solides; cette
expression de fer équivalant ici au mot adamantina (de diamant)
employé fréquemment en pareille circonstance par les Latins. Il est
certain que, dans l'âge héroïque, les chaînes, généralement, étaient
d'airain. Nous avons même sujet de croire que l'emploi de cette matière, pour un tel usage, se maintint, au moins jusque par delà l'an

du dictionnaire de l'Académie, cette épithète n'est applicable qu'aux objets *de fer* que l'on rend tranchants et perçants *par le moyen de l'acier.*

Observations subséquentes de l'auteur, publiées dans cette même année 1841.

Je n'ai pas poussé plus loin l'exposé de mes observations : on conçoit que, dans un écrit adressé à notre Institut, je n'avais à m'occuper que des traductions françaises ; mais la vérité est que les traductions étrangères, anglaises, allemandes et italiennes, aussi bien que les latines, offrent souvent aussi les mêmes fautes, résultat des mêmes erreurs.

Le 4 août, ce même jour où j'adressai mes observations manuscrites à l'Académie, j'écrivis à M. Bareste, de qui j'étais alors complétement inconnu, pour lui donner avis de la démarche que je venais de faire, et lui offrir en même temps de lui communiquer les minutes de ces divers écrits, ayant lieu de présumer, lui disais-je, qu'à son titre de traducteur d'Homère, il y pourrait trouver quelque intérêt. M. Bareste s'est empressé de répondre à mon invitation ; et, peu de jours après la conférence que nous eûmes ensemble, il m'a fait tenir une note qu'il venait d'insérer dans la traduction du IXe chant de l'Odyssée, dont il s'occupait alors, et dans

---

480 avant J.-C. Cela résulterait d'une tradition assez curieuse qui nous est transmise par Hérodote (liv. 9, c. 74) : Pour donner une idée du courage et de la ténacité de Sophanès, l'un des Athéniens qui se distinguèrent le plus à Platée, on disait qu'il se fixait au sol par une chaîne *d'airain* attachée à une ancre *de fer. n. n.*

laquelle, reconnaissant la justesse de mes observations, non-seulement il a pris l'engagement de n'employer désormais le mot *fer* qu'autant qu'il lui semblera justifié par la présence dans le texte du mot *sidéros*, et de traduire celui de *chalkos* par *cuivre* ou *airain;* mais, de plus, il exprime le désir que les hellénistes français et étrangers, *dans l'intérêt de la science historique*, suivent son exemple.

Je considère le parti pris si soudainement et si franchement par M. Bareste, et le vœu que je lui ai inspiré, comme l'un des plus grands succès auxquels il m'était raisonnablement permis de prétendre : le point qu'il m'a si promptement accordé m'en fait espérer un second que j'ai aussi très-vivement désiré d'obtenir : c'est que quelques-uns de nos peintres les plus susceptibles d'exercer une heureuse influence dans notre école ne dédaignent pas plus que lui d'entrer dans la voie nouvelle que je recommande à tous les bons esprits que l'on compte parmi ses confrères, mais dans laquelle, au moment où je parle, nul ne peut plus se flatter d'entrer le premier.

Oui, et dans ma manière de sentir, je le regarde comme un sujet de félicitation pour notre France, je puis déjà citer, dans les productions de nos artistes, trois faits de l'âge héroïque traités, du moins en ce qui regarde la nature des armes offensives et défensives, comme le bon sens veut que désormais ils le soient tous. Cet exemple se trouve fort heureusement au palais du Louvre, dans la salle ronde qui forme un vestibule commun à la galerie d'Apollon et aux salles composant le musée de Charles X.

Des cinq principales peintures qui décorent la voûte de cette belle salle, trois sont dues au talent de M. Auguste Couder : l'une a pour sujet *la lutte d'Anthée et d'Hercule ;* la seconde, *Vulcain présentant à Thétis les nouvelles armes d'Achille ;* et la troisième, *Achille lui-même implorant le secours de quelque dieu contre les fleuves Simoïs et Scamandre, qui le poursuivent.* Dans ces trois sujets, toutes les armes et armures, *casques, cuirasses, boucliers, épées* et *pointes de lances,* tout est *d'airain.* L'auteur, en faisant voir par le dessous le bouclier du vengeur de Patrocle, a évité adroitement la difficulté de représenter les sujets qui, au rapport d'Homère, formaient, du dessus de ce bouclier, une sorte de mosaïque ; car cette position ne permet de distinguer, des métaux qui composaient cette merveilleuse armure, que la seule bande qui en forme le pourtour ; mais il a représenté cette bande en *airain,* comme tout le reste (1).

Il est fâcheux qu'après un si heureux exemple donné par M. Coudère, *dès l'an 1819,* nous en soyons restés là : un tel fait s'explique par ce peu de mots : c'est que positivement, depuis ce temps, *les sujets grecs ont passé de mode.* Peu s'en est fallu que moi-même je n'aie été arrêté dans la composition de mon livre par

(1) M. Coudère peut regretter que M. Bareste et moi nous n'ayons pas écrit nos livres un quart de siècle plus tôt ; cela lui eût évité de mettre des *brodequins* aux jambes de son héros : il pourra maintenant savoir que c'étaient des cnémides *de métal* qu'il aurait dû peindre. S'il avait à faire de nouveau un sujet du même genre et de cette époque, les plâtres moulés sur les figures d'Égine, quant à la forme, lui en fourniraient le modèle.

une considération si puissante sur des esprits français. Mais je me suis dit que si, dans le cours d'un demi-siècle, j'ai vu le *Louis XV* et le *Pompadour*, que j'avais cru pour jamais bannis de nos palais et de nos hôtels, revenir en faveur, il y a bien lieu de penser que ceux de nos peintres qui ont maintenant l'âge que j'avais lorsque les sujets grecs et romains régnaient presque exclusivement; on peut penser, dis-je, que ces artistes, pour peu qu'il leur soit donné d'accomplir le cours ordinaire de la vie humaine, pourront revoir ces mêmes sujets grecs et romains remis en possession, sinon des parois de nos boudoirs, du moins de quelques-unes des travées consacrées dans notre immense Musée à l'exposition des modèles que, dans les divers genres, la munificence de notre gouvernement se plaît à offrir comme objets d'études à nos élèves, et c'est pour ce temps que j'ai écrit.

Telles furent les observations que je publiai en octobre de l'an 1841. Au moment présent, fin d'août 1846, cette question d'archéologie, qui, d'abord, avait rencontré une incrédulité presque absolue chez nos artistes, est prise en considération du moins parmi ceux d'entre eux qui admettent que l'archéologie employée à propos peut ajouter quelque chose au mérite de leurs œuvres. Quoique la plupart des écrivains qui se sont constitués les régulateurs des arts et des lettres aient affecté, en ces derniers temps, un profond dédain pour ce qui appartient à la haute antiquité, et particulièrement pour les sujets grecs, cependant j'ai pu voir, dans le cours de cette dernière année, deux tableaux de ce genre : il m'a paru même, à juger par la simplicité des deux compositions, que leurs auteurs,

en les traitant comme ils l'ont fait, ont eu positivement
à cœur de mettre en pratique les connaissances restées
si longtemps étrangères à leurs émules. L'un de ces
tableaux, dû à M. Ingres, faisait partie de l'exposition
qui eut lieu au profit de la caisse des artistes. Il repré-
sente *OEdipe expliquant l'énigme*. Le héros tient dans
sa main droite trois javelots dont les pointes sont d'une
couleur qui ne peut désigner que *le cuivre*, ce qui pré-
cise parfaitement l'époque à laquelle le sujet appartient.
L'autre composition est une œuvre de M. Papety. Elle
a paru à la dernière exposition du Louvre, et elle est
indiquée dans le livret par ces mots : *Solon dictant ses
lois*. Le mobilier du législateur est très-modeste ; il con-
siste, en partie, en armes et armures suspendues à la mu-
raille : or, ces armes, ces armures sont également *d'airain*.

Oui, je l'avoue, ce fut pour moi une satisfaction réelle
de voir ces œuvres de deux de mes compatriotes trai-
tées ainsi conformément aux traditions dont je m'efforce
de propager généralement la connaissance, car j'ai vu
dans ces deux œuvres, dans le degré de considération
dont jouissent leurs auteurs, la réalisation du vœu que
je formai en livrant pour la première fois cette même
dissertation à la publicité, et que l'on a pu voir rappelé
trois pages plus haut en propres termes. Peut-être avais-
je besoin de tels encouragements pour me décider à
pousser jusqu'où je l'ai fait les recherches dont on va
connaître successivement les résultats.

EMPLOI DE L'AIRAIN,

A DÉFAUT DU FER

CHEZ LA PLUPART DES PEUPLES.

———◦———

Dans la IIe partie du livre que j'ai publié sous le titre de *Découvertes dans la Troade*, page 172, ligne 9, j'ai dit :

« Il est maintenant prouvé, d'une manière incontes-
« table, que, dans l'âge héroïque, chez les Grecs, tous
« ces objets (les pointes de lance et les pointes de flè-
« che, les épées, les boucliers et les casques) étaient
« de cuivre. »

Lorsque je m'exprimais en ces termes, je me fondais presque uniquement sur des paroles d'Homère et des allégations positives de Pausanias, de Pline et de quelques autres auteurs anciens qui se rapportent évidemment à ces mêmes paroles de l'auteur de l'Iliade; mais maintenant, fort de nouveaux faits matériels que j'ai recueillis récemment, et que je vais mentionner, je puis rendre ma proposition plus générale, et dire qu'au moment où nous sommes il n'est plus possible de douter, 1° quelle cuivre naturel ait été la première matière employée chez tous les peuples de l'antiquité qui ont pu la connaître, non-seulement pour la confection de toute espèce d'ustensiles, d'instruments et d'objets d'art, mais même de toute espèce d'armes offensives, dès que

I

l'état de leur industrie eut permis à ces peuples de faire usage des métaux (1);

2° Que le bronze fut généralement substitué à l'airain naturel plus ou moins pur, pour la fabrication de tous les objets susceptibles d'être confectionnés dans des moules, aussitôt que l'on a pu reconnaître les qualités supérieures qui distinguent cet alliage de l'airain naturel et du laiton, autrement dit *cuivre jaune;*

3° Que, par diverses causes que les Mongez, les d'Arcet ont très-explicitement exposées, le fer n'a pu être connu, ou du moins n'a pu être employé que très-tardivement, et que, vu sa rareté, il est resté d'un usage infiniment restreint jusqu'en des temps fort rapprochés de notre ère;

4° Enfin, qu'à défaut du fer, quelques peuples anciens ont employé, pour la confection des outils propres au charpentier et à l'agriculteur, et même de quelques armes, une espèce de cuivre connue encore chez nous sous la dénomination de *cuivre noir.*

I.

Relativement au premier point, j'ai déjà cité à l'appui de mon opinion, dans la première partie de mon livre, les objets d'art trouvés dans le tumulus que le comte

(1) Je dis *des métaux,* parce que les premières armes, les premiers instruments, les premiers ustensiles furent en pierre : aussi les archéologues distinguent-ils deux âges : le premier, qui fut l'âge *de pierre,* et le second, qu'un bon nombre d'entre eux nomment improprement l'âge *de bronze.* Il faudrait dire l'âge *d'airain;* je justifie cette assertion dans un article spécial, intitulé : Observations relatives à l'emploi des mots *cuivre, airain, bronze.*

de Choiseul Gouffier, alors ambassadeur à Constantinople, fit fouiller en 1787, lequel tumulus occupe au
cap Sigée, à l'entrée de l'Hellespont, une position tellement en rapport avec des termes des plus précis qu'on
puisse remarquer dans Homère, que nous avons tout
sujet de croire que c'est celui qui nous est désigné dans
l'Iliade comme étant la tombe du vainqueur d'Hector, et
j'ai considéré ce fait que certaines figures d'animaux et
une petite figure humaine, trouvées dans ce monument,
ont été constatées être de *cuivre* proprement dit, comme
un indice des plus forts que le tumulus dont il s'agit
doit réellement appartenir aux plus anciens temps historiques, et, conséquemment, que nous n'avons aucune
raison valable de nier qu'il puisse être celui où furent
déposées les cendres réunies d'Achille et de Patrocle (1),

(1) Aux personnes qui, sur la foi de Strabon et du comte de Choi-
seul-Gouffier, m'objecteraient que Patrocle et Achille durent avoir
chacun un monument, j'opposerais les expressions d'Homère, les témoignages de Dion Chrysostome, de Lechevalier, de Morrit, et le
mien propre. Homère dit formellement que les cendres d'Achille et
de Patrocle durent être réunies dans un même tombeau, et celles
d'Antiloque dans un monument séparé. Dion Chrysostome a confirmé
ce fait dans le célèbre discours qu'il adressa aux habitants d'*Ilium
Recens*, en leur disant que *Patrocle n'eut pas de tombeau particulier*,
qu'Achille et lui eurent une même tombe; notre compatriote Leché-
valier qui, ayant levé le plan de la plaine de Troie, devait bien en connaître les localités les plus importantes, n'a vu, sur le point si bien
indiqué par Homère, que deux tumulus; Morrit, survenu dans ces
lieux sept ans plus tard que l'auteur du Voyage dans la Troade, n'en
a vu aussi que deux; enfin moi, qui les ai visités à trois reprises, dix-
sept ans après le passage du savant anglais, je n'en ai également vu
que deux. (Voyez dans mon livre, II⁰ partie, p. 57-62.)

1.

et le même qui reçut, dans le IV° siècle antérieur à l'ère
chrétienne, les hommages d'Alexandre le Grand ; mais,
comme des savants en renom ont objecté qu'on ne peut
fonder aucune opinion certaine sur les objets précités,
parce qu'ils furent le produit d'une fouille qui n'a été
soumise à aucun contrôle, et qui fut effectuée par un
agent qu'ils ne considèrent point comme digne de confiance, j'admets la nécessité pour moi de faire valoir
d'autres exemples. Je ne serais probablement pas embarrassé d'en fournir un bon nombre si la confusion
que les écrivains font assez généralement au sujet
des mots *cuivre*, *airain* et *bronze*, quand ils traitent
des questions d'archéologie, ne m'imposait l'obligation
d'être fort circonspect touchant les citations que j'ai à
faire ; attendu que, la plupart du temps, on ne peut savoir si les rapporteurs de faits ont en vue des objets *de*
cuivre ou *de bronze*. Je me contenterai donc pour le
moment, relativement à ce premier point, de citer un
seul exemple, ayant lieu de croire qu'il pourra suffire
auprès des esprits consciencieux, puisqu'il porte sur
des armes offensives ; car, s'il peut être prouvé que les
plus anciens objets de cette nature sont de cuivre naturel
plus ou moins pur, à plus forte raison pourra-t-on croire
que tout ce qu'on a pu confectionner en métal dans ces
temps reculés, soit en instruments et ustensiles de
diverses espèces, soit en objets d'art, ne pouvait être
composé généralement que de cuivre proprement dit.

Voici les termes positifs d'un rapport fait par M. Rafn,
secrétaire de la Société royale des antiquaires du Nord,
à cette Société, dans sa séance annuelle du 31 janvier 1839 :

« La Société asiatique de Calcutta, au Bengale, nous a envoyé deux échantillons *d'armes antiques en cuivre.* Ces armes ont été trouvées avec une quantité d'autres de la même espèce à la suite d'un éboulement arrivé près du village de Nioraï, de la province d'Etaweh, entre les fleuves du Gange et du Jumna, dans l'intérieur de l'Hindoustan. C'est un glaive large et court dont la poignée n'est qu'un prolongement de la lame, et une flèche faite de manière à pouvoir être adaptée à un manche, à l'aide de crochets saillants..... On trouve souvent des armes de cette espèce, en fouillant aux environs des villes de Mathura et de Bindráband de l'Hindoustan..... Il y a surtout deux circonstances qui parlent en faveur de leur haute antiquité : d'abord la forme peu commode de la poignée de l'épée qui, toute dépourvue d'ornements, semble rappeler la simplicité de l'antiquité la plus reculée ; ensuite la matière qui, selon l'opération chimique à laquelle on l'a soumise, est de *cuivre pur, sans aucune espèce d'alliage d'étain.* Par les fouilles faites dans le Nord, on n'a pas encore trouvé de glaive de cuivre pur, mais seulement des outils de ce métal, tels que des *celtes* (1) et des haches. »

II.

Quant au second point, il doit me suffire de rappeler deux observations que j'ai consignées dans mon livre, et

(1) Les archéologues entendent par ce mot *celtes*, une certaine espèce d'instruments anciens que l'on trouve encore en assez grand nombre sur divers points de l'Europe, dont on ne connaît pas encore bien l'usage, et qu'ils croient d'origine celtique.

desquelles il résulte que, parmi toutes les pièces confectionnées dans des moules, objets d'art et autres, dont
l'antiquité ne remonte pas au delà du VIIe siècle avant
l'ère chrétienne, et qui sont recueillies dans les principaux musées de l'Europe, il n'en est aucune qui ne soit
de bronze, c'est-à-dire, dont la matière de cuivre ne soit
alliée avec de l'étain.

III.

Pour ce qui est de la priorité de l'emploi du cuivre,
relativement à celui du fer, et de l'excessive rareté de ce
dernier métal, du moins chez les Grecs et les peuples
de l'Asie Mineure à l'époque homérique, j'avais, je crois,
donné une idée assez exacte des choses sur ce sujet, en
faisant observer (IIe partie, page 169) qu'Homère, lequel, sauf deux cas tout à fait exceptionnels, emploie
toujours, et à tout moment, quand il nomme les diverses armes de ses héros, l'équivalent du mot *airain*,
qu'Homère, dis-je, lorsqu'il en est à nous représenter
Vulcain occupé à confectionner les nouvelles armes
d'Achille, cite à peu près tous les métaux connus de
nos jours, à l'exception du fer. Eh bien, je suis maintenant en mesure de faire voir, par de nombreux exemples, que cette absence du mot grec équivalent à notre
mot fer, que l'absence de ce mot dans ce passage si remarquable, n'est point un oubli de la part du poëte;
qu'Homère est en cela parfaitement d'accord avec le
résultat des recherches et des observations auxquelles
plus particulièrement les archéologues de notre temps
se sont livrés. Il appert, en effet, de toutes ces recher-

ches, de toutes ces observations que, parmi tant de monuments de diverses espèces appartenant à l'antiquité
qui ont été fouillés jusqu'ici, il ne s'est trouvé aucune
arme ou instrument tranchant qui soit de fer; et que
tout ce qui a été vu dans ce genre en métal, en Amérique, et jusque dans l'Océanie, chez des peuples nouvellement connus, est d'airain. Je ne rapporterai, à l'appui de cette assertion si positive, que les témoignages
les plus dignes de confiance, commençant par citer ceux
qui sont donnés par nos compatriotes, feu Mongez, l'un
des membres les plus célèbres de notre Académie des
inscriptions, et M. de Caumont.

Relativement au premier, j'ai eu l'occasion de citer
(IIe partie, page 121) quatre épées dont ce savant a fait
mention dans des mémoires composés par lui, en divers
temps, pour l'Académie des inscriptions et belles-lettres.
Ces épées, qui furent trouvées toutes les quatre sous
la tourbe dans le département de la Somme, l'une à
Heilly, vallée d'Albert, au voisinage d'Abbeville, et les
trois autres à Pecquigny, ont été reconnues être de fabrication romaine, et d'une nature de bronze dans lequel l'étain entre pour un dixième, c'est-à-dire, à peu
près dans la même proportion qu'est l'alliage de nos
bouches à feu. Le second, à qui nous devons la création de la Société des antiquaires de Normandie, dans
un ouvrage publié en 1830, sous le double titre d'*Histoire de l'art dans l'ouest de la France* et *Cours d'antiquités monumentales*, mentionne quantité d'objets que,
depuis quatorze à quinze siècles, on fabrique de préférence en fer dans tous les pays où les sciences et les
arts ont pu se répandre, tels que *des haches, des épées,*

des pointes de lance. Tous les objets de ce genre qui ont été trouvés en plus ou moins grand nombre dans nos départements de l'ouest, soit dans des restes d'habitations gauloises et celtiques, soit parmi des ruines romaines, tous ces objets, dis-je, au rapport de M. de Caumont, sont d'*airain.* « J'en ai acquis la certitude par moi-même, » dit cet archéologue dans le premier volume, page 232 du livre précité, « et par les renseignements que j'ai recueillis dans mes voyages.... » A la page 224 de ce même volume, le même auteur rapporte, d'après M. Clarke, savant anglais, que *plusieurs têtes de lance d'airain ont été trouvées dans la Russie.* Relativement à cet empire, je puis moi-même fournir un témoignage de quelque valeur, en disant qu'un événement à peu près semblable à celui qui survint récemment dans l'Inde, a mis également à découvert, dans le goûvernement de Tauride, sur un point voisin des bouches du Dnieper, l'ancien Borysthènes, une diversité singulière de flèches toutes d'airain, c'est-à-dire, de cuivre ou de bronze. Je tiens ce fait de M. Serebrekof, secrétaire du prince Dimitri-Galitzin, lequel fut, pendant un long cours d'années, gouverneur général de Moscou. Ce fut un ouragan qui, déplaçant une masse considérable de sable, fit reparaître à la clarté du jour ces armes enfouies depuis peut-être vingt-cinq siècles et plus. Elles sont maintenant en la possession du prince Dimitri. Quelques-unes de ces flèches sont coniques, d'autres quadrangulaires et triangulaires; une quatrième espèce répond, par la description qui m'en a été faite, à des flèches réputées égyptiennes que l'on peut voir dans une montre du Musée Charles X ; enfin quelques-unes de ces flèches, dit M. Serebrekof, paraissent n'être *ni de cuivre*, *ni de fer*; ce qui me porte à croire qu'elles peuvent fournir un premier exemple à l'appui de mon opinion sur l'emploi *du cuivre noir* à défaut du fer, chez les anciens.

Puisque je viens d'avoir l'occasion de citer le Musée de Charles X, c'est bien le moment pour moi de le signaler à nos artistes comme l'un des établissements de l'Europe qui contient le plus d'objets propres à faire apprécier convenablement les opinions que j'ai émises touchant la nature des armes antiques. J'ai la satisfaction de pouvoir apprendre à ceux d'entre eux qui l'ignorent qu'ils peuvent voir, dans cette splendide collection, cinq casques, huit épées, un bon nombre de pointes de lance, de javelots, de poignards, quantité de flèches, d'ustensiles, d'instruments à l'usage du charpentier et de l'agriculteur, et que tous ces objets, appartenant aux antiquités égyptiennes, grecques, romaines, gauloises et celtiques, sont d'*airain*. Aucun objet en ces divers genres, parmi ceux qui appartiennent à la haute antiquité, n'est de fer. En général, depuis que je m'occupe de telles recherches, je n'ai vu, ou entendu citer, comme ayant été trouvée en un lieu quelconque, aucune pièce de ce métal, ou garnie de ce métal, si ce n'est une charrue égyptienne découverte assez récemment, et qui date de Rhamsès II, c'est-à-dire, du XVIe siècle avant l'ère chrétienne.

C'est M. Rey, membre de la Société royale des antiquaires de France, qui m'a fait connaître le fait de cette découverte, en le mentionnant dans le rapport qu'il fut chargé de faire à cette Société sur la deuxième partie de mon travail. Le même savant, dans ce même rapport, fait encore, à l'appui de mes opinions, l'observation qu'on a recueilli un grand nombre d'instruments de cuivre au Mexique, en fouillant les tombeaux qui s'y trouvent : « Ces instruments, nous dit-il, proviennent des Toltèques, peuples antérieurs aux Mexicains, ou même de peuples contemporains des Égyptiens de Sésostris. »

A cette observation de M. Rey, je suis en mesure d'ajouter que ces instruments, de toutes sortes, sont, pour la plupart, de cuivre pur. Cela résulte des termes précis d'un important ouvrage publié chez nous en 1834, sous le titre d'*Antiquités mexicaines*, dont je crois bon de donner ici quelques extraits. La première partie de cet ouvrage a pour fonds une sorte de journal tenu par un capitaine nommé *Dupaix*, lequel avait été chargé par le roi d'Espagne, Charles IV, d'aller explorer les ruines des anciennes villes de Palenque et de Mitla, découvertes vers l'an 1750. A la page 21 de la relation de sa seconde expédition, commencée le 24 février 1806, cet officier fait la description d'un instrument dont il était alors embarrassé de déterminer l'usage. « Cet instrument « de cuivre rouge, dit-il, très-doux au toucher et *sonore* « *quand on le frappe*, est de métal fondu et non travaillé « au marteau. Il est léger, symétrique, de forme gra- « cieuse dans son contour, qui ressemble à une ancre; « il est plat des deux côtés..... Un Indien, nommé Pascal « Baltolano, habitant à une demi-lieue de la ville d'An- « tequera, trouva il y a trois mois, en labourant son « champ, un pot de terre qui contenait vingt-trois dou- « zaines de ces instruments, différant très-peu entre « eux pour la qualité, l'épaisseur et la grandeur.... On

« en trouve plus ou moins abondamment dans cette
« province ; les marchands qui recherchent les métaux,
« les achètent des Indiens et en font cas pour la bonté
« et la pureté du métal.....

« Il y a aussi, aux environs de cette même ville d'An-
« tequera, un assez grand nombre de ciséaux en *cuivre*
« *rouge.* »

A la page 42 , l'esprit encore frappé de la grandeur
et de l'importance des monuments qui s'offrirent à ses
regards dans les diverses ruines qu'il avait explorées ,
ce même officier raconte qu'étant à Mitla, il fit les recherches les plus soigneuses à l'effet de connaître la
nature et les formes des instruments et outils avec lesquels on avait pu dégrossir et tailler les pierres de ces
monuments. « Mes recherches, dit-il, ne furent pas
« vaines, et j'obtins même plus que je n'espérais ; car,
« au bout de quelques jours, les Indiens m'apportèrent
« des espèces de ciséaux *en pierre* à peu près semblables
« à des coins..... Pendant toute la durée du séjour que
« je fis parmi eux, ils continuèrent leurs recherches
« pour m'être agréables, et je profitai de cette occasion
« pour faire une collection nombreuse de ces instru-
« ments ; mais ce qui m'importait surtout, c'étaient les
« anciens instruments *métalliques*. Je ne tardai pas à en
« avoir de diverses formes et grandeurs *en cuivre rouge*
« *pur ;* ils consistaient en ciseaux grands et petits et en
« petites *haches*. Quant à ceux que je désirais particu-
« lièrement en fer, *on n'en trouva absolument aucun*, et
« pourtant, si l'on pouvait espérer d'en trouver quel-
« ques restes dans quelque partie du royaume, ce serait
« assurément dans celle-ci ; mais, jusqu'à présent, *au-*

« *cune tradition n'a même fait supposer qu'il y ait jamais*
« *eu chez ce peuple la moindre parcelle de fer tra-*
« *vaillé.....* »

Le Mexique n'est pas la seule partie du continent
américain qui nous fournisse des preuves matérielles
de la priorité de l'emploi du cuivre pour toutes sortes
d'usages, même pour la confection des armes offensives, des ustensiles et des instruments tranchants chez
les anciens peuples. On en a trouvé d'autres au Pérou,
au Canada, aux États-Unis, et jusque chez les Esquimaux, au bord de l'océan Glacial ; c'est ce qui résulte
des citations suivantes.

Relativement au Pérou, j'ai trouvé le fait relaté dans
une note de la page 17 de la première partie de l'œuvre
dont je viens de donner quelques extraits. Il est dit
dans cette note, que « les recherches faites par M. de
« Humboldt dans cette contrée, ne l'ont conduit à au-
« tre chose qu'à trouver un ciseau de *cuivre dur*, et qu'il
« pense que ce ciseau contenait un alliage d'étain ; » conséquemment qu'il était de *bronze*.

Les autres faits, plus nombreux, sont tirés de la
deuxième partie des Antiquités mexicaines, à laquelle
les éditeurs de cet ouvrage ont donné pour titre *Recherches sur les antiquités de l'Amérique du Nord et de
l'Amérique du Sud*, par M. Warden, ancien consul
des États-Unis. On lit au chap. IV de cet appendice,
p. 58 :

« Lorsque Donnacona était sur le point de s'embar-
« quer pour la France avec le capitaine Cartier, quel-
« ques-uns de ses sujets qui arrivaient de la rivière de
« Saguenay, apportèrent à cet Indien trois paquets de-

« peaux de castor et de loup marin, et *un grand couteau*
« *de cuivre rouge.* »

A la page 59 : « Le capitaine Gonnod, dans son
« *Voyage à la Virginie, en* 1602, remarqua, chez les
« Indiens qui résident près de l'île Élisabeth, une
« grande quantité de cuivre rouge très-foncé, et d'une
« autre espèce de cuivre plus pâle. Tous ont des chaînes,
« des pendants d'oreilles, ou des colliers de ce métal ;
« ils s'en servent aussi *pour armer des flèches*....... Ils
« ont encore des vases à boire en cuivre.....»

A la page 60, il est fait mention de cuillers de cuivre
que l'on façonnait avec le marteau. Enfin, ce chapitre IV
se termine ainsi :

« Le voyageur Hearn a remarqué que les Esquimaux
« et les autres Indiens qui habitent les bords de la rivière
« appelée *Mine de Cuivre*, dans l'océan Glacé, possèdent
« *beaucoup de couteaux, de haches* et d'ornements de ce
« métal. Avec du feu et deux pierres ils lui donnent la
« forme qu'ils veulent. »

Je n'ai point oublié que j'ai cité l'Océanie comme ayant
aussi déjà fourni sa part de faits propres à dissiper les
doutes que je combats depuis trois ans. Si nous nous
en rapportons aux termes d'un voyage fait à la Nouvelle-Guinée par le capitaine Forest, nous devons croire
que les indigènes des côtes occidentales de cette île
n'avaient encore, à la fin du dernier siècle, que des
armes d'airain : « Armés de zagaies, d'arcs, et même
« d'épées de cuivre, les habitants des côtes occidentales»
dit Malte-Brun, à qui j'emprunte cette citation, « ont
« repoussé les détachements hollandais envoyés dans
« leur pays. »

Depuis que la passion des érudits s'est portée sur les études et les recherches qui ont pour objet l'archéologie, il s'écoule peu d'années qui ne nous révèlent des faits à l'appui des opinions que j'avais d'abord fondées presque uniquement sur des expressions d'Homère et de quelques autres écrivains de l'antiquité, aux témoignages desquels, jusqu'ici, on n'a pas assez fait attention. M. Rafn, dans un rapport annuel fait à la Société royale des antiquaires du Nord, le 27 janvier 1838, ayant à rendre compte des objets nouvellement admis dans le musée de cette Société, et se bornant à citer les plus remarquables, mentionne diverses pièces qui furent trouvées en Danemark, île de Moen, au sein d'une colline tumulaire : « Dans la partie supérieure de cette « colline, » dit la traduction que j'ai sous les yeux, « était une petite caisse de pierre tout isolée, où l'on a « trouvé une urne remplie d'os brûlés, au-dessus des-« quels étaient placés *plusieurs instruments tranchants* « *en bronze*, tels que *couteaux, poinçons, ciseaux.* »

Parmi les faits tout récents qui se sont passés, on peut dire sous nos yeux, je rappellerai celui qui fut publié dans le journal *la Presse*, du 23 août 1843. L'auteur de l'article dont il s'agit, en complément de celui qu'il avait fait admettre dans ce même journal quelques semaines auparavant sur des fouilles récemment entreprises dans la forêt de Bretonne, à peu de distance de Rouen, s'exprime comme il suit :

« Depuis la découverte de la magnifique mosaïque, « on a mis au jour une salle de bains complète ; à vingt « pas de ces bains on a découvert une vaste cave, au « fond de laquelle on a trouvé *une hachette d'arme en*

« *bronze*, qui a été adressée à la Société des antiquaires. »

Enfin, pour qu'on ne puisse plus douter que l'airain
ait été la matière la plus communément employée dans
la haute antiquité pour la confection des armes et des
instruments tranchants, je citerai, en dernier témoignage, les peintures dont sont couverts les bas-reliefs
des monuments égyptiens, où les objets en métal sont
représentés avec leurs couleurs naturelles. Quelques-
uns de ces objets, entre autres des haches, étant peints
en bleu, donnent lieu de croire qu'ils étaient en fer;
mais la plupart des autres instruments, des ustensiles
et des armes sont peints, les uns en vert, les autres
en jaune, ce qui fait connaître qu'ils étaient de cuivre,
ou de bronze.

Je dois maintenant faire voir que la rareté du fer s'est
prolongée jusque par delà l'époque de la naissance du
Christ. Pline nous donne bien à entendre que les Romains, lors de la guerre qu'ils eurent à soutenir contre
Porsenna, au sujet de l'expulsion des Tarquin, sept cents
ans après le sac d'Ilion, commençaient à se servir
d'armes de fer; mais il nous fait connaître plus clairement encore qu'en ce même temps la matière de fer
devait être toujours bien rare chez eux, puisqu'il nous
dit que, par une clause formelle du traité de paix qui
mit fin à cette guerre, il fut spécifié que désormais cette
matière serait réservée pour les besoins de l'agriculture.
Cette clause eut son plein effet jusqu'après la seconde
guerre punique, c'est-à-dire, pendant environ trois
cents ans; car ce fut seulement après cette guerre que

les chefs de la république adoptèrent pour les armées la
forme et la matière des épées espagnoles. Dans leur
guerre faite contre les Gaulois, sous le consulat de Fla-
minius, ces mêmes Romains n'avaient encore que des
épées d'airain, et cependant ils avaient l'avantage sur
leurs ennemis, parce que les armes de fer de ceux-ci
n'étaient point acérées, et n'avaient pas même été trem-
pées. Le métal en était si mou, que, quand ils avaient
frappé un coup un peu violent, leur glaive était faussé,
si bien qu'ils étaient obligés de redresser la lame avec
le pied; c'est ce que nous apprend Polybe. Remarquons
en passant que ce fait concourt à prouver qu'en ce
temps-là, même chez les Gaulois, l'emploi du fer, pour
quoi que ce soit, devait être encore assez récent, puisqu'on ne s'était point encore avisé d'avoir recours à la
trempe.

Ce fut donc seulement dans le courant du deuxième
siècle avant Jésus-Christ que les Romains employèrent
un peu communément le fer pour leurs armes offensives; mais la découverte des épées trouvées dans le département de la Somme nous fait voir que, cinq à six
siècles plus tard, l'usage des armes de fer n'était point
encore général chez ce peuple, puisque, parmi les osse-
ments qui reposaient auprès de l'une de ces épées, on
a trouvé des médailles de Caracalla, c'est-à-dire, qui
appartenaient au IIIe siècle de notre ère, et que, parmi
les débris humains du même genre qui accompagnaient
les trois autres épées, on a également trouvé des médailles, mais que celles-ci étaient à l'effigie de Maxence,
lequel régna de l'an 306 à l'an 312 de notre ère.

Je citerai, pour dernière preuve de la rareté prolon-

gée du fer, un fait consigné dans l'une des notices que
M. Rafn m'a fait passer récemment. Cette notice, im-
primée en 1837, en langue allemande, et qui contient
des détails intéressants sur quantité d'objets appartenant à une antiquité plus ou moins haute qui furent
trouvés dans le Nord, fait mention de haches d'armes
dont le tranchant seul est en fer; toute la masse de ces
haches est de bronze. On conçoit que la rareté et le
prix supérieur de la matière ont pu seuls déterminer les
fabricants de cette espèce d'armes à les composer de la
sorte.

IV.

C'est encore dans la deuxième partie de mon livre
(page 141) que, revenant sur une observation présentée dans la première partie, simplement à titre de conjecture, j'ai exprimé, d'une manière positive, l'opinion
que, par le mot *sidéros*, le seul mot qui, dans la langue
grecque, puisse exprimer du fer, Homère doit avoir
entendu désigner le plus généralement une sorte de
cuivre connu encore chez nous sous la dénomination
de *cuivre noir*, alliage naturel de cuivre et de fer, métal
imparfait dont on n'a pu faire usage qu'à défaut du fer,
et pour des travaux grossiers, tels que ceux du charpentier et de l'agriculteur. Lorsque je formulais cette
opinion, j'étais loin de me douter qu'on avait déjà trouvé, sur plusieurs points de l'Europe, et particulièrement en France, un grand nombre d'instruments qui
répondent parfaitement à ma pensée par la nature de
leur matière et par leur destination. Voici ce que j'ai
trouvé rapporté à ce sujet dans le premier volume du
Cours de M. de Caumont, page 225 :

.« On a souvent constaté la présence du fer dans, des
« instruments présumés d'origine celtique. M. Vauque-
« lin a trouvé dans une hache quatre-vingt-sept parties
« de cuivre sur neuf parties d'étain et trois, de fer. Pres-
« que toutes celles qui sont déposées dans les collections
« de la Société des antiquaires (de Normandie) et qui
« ont été découvertes dans le département de la Man-
« che, contiennent aussi du fer.

« La présence de ce métal provient d'une combinai-
« son *naturelle* et non pas d'un mélange artificiel.

« Le métal dont sont formés les instruments celti-
« ques que j'ai observés, est généralement *cassant;* ses
« fractures ont l'aspect *terreux,* mais, sous la lime, *il*
« *prend la couleur et le brillant de l'or.* »

Ces dernières lignes caractérisent, en termes des plus
explicites, la matière avec laquelle j'ai fait confectionner, il y a deux ans, une petite hache, positivement
parce que tout ce que j'ai lu sur ce sujet dans Homère
m'a fortement donné lieu de croire que du moins les
instruments de ce genre que le poëte nous dit être de
aitoni sidero, ne pouvaient être composés de fer proprement dit, mais bien de quelque alliage, dont on a
pu se servir alors faute de posséder le véritable fer en
quantité suffisante eu égard aux besoins divers qu'on
éprouvait. Depuis que j'ai eu connaissance de ce passage du Cours de M. de Caumont, et de la découverte
faite en Russie de flèches qui ne sont *ni de cuivre ni de*
fer, j'ai plus que jamais la persuasion que l'espèce de
sidéros qu'Homère désigne en joignant à ce mot l'épithète *aiton,* laquelle est traduite en français par *noir,*
noirâtre, couleur de fumée, ne pouvait être autre chose

que notre cuivre noir, auquel les Celtes, et peut-être les Grecs de l'époque héroïque, ajoutaient de l'étain dans une proportion plus ou moins forte. Pour ce qui est du fer proprement dit, s'il fut effectivement connu au temps d'Homère, c'est lui qui est désigné dans l'Iliade et l'Odyssée par l'épithète *polios*, laquelle signifie *blanchâtre*, *gris mêlé de blanc*, et peut être rendue dans les discours par les mots *brillant* ou *étincelant*.

M. d'Arcet a eu l'idée que le premier fer que les peuples de la haute antiquité ont pu connaître, dut être *le fer tombé du ciel*. Le savant praticien, en énonçant cette opinion, pour justifier ce qu'il venait de me dire touchant la difficulté extrême que ces mêmes peuples ont pu avoir à reconnaître la présence du fer dans le minerai qui le contient, m'a donné un petit morceau de ce métal qu'il m'a dit être bien réellement tombé du ciel. Cet échantillon offre un fer des plus purs, et l'épithète *polios* (brillant) lui convient on ne peut mieux.

Je dois faire observer, relativement à la dernière citation que j'ai faite de M. de Caumont, d'abord que l'alliage des instruments réputés celtiques ne peut être naturel qu'en ce qui regarde le cuivre et le fer : très-certainement l'étain fut ajouté par le fabricant; car, ainsi que Mongez l'a dit fort justement dans le premier des mémoires précités, *les mines d'étain ne se sont point encore trouvées renfermer une quantité suffisante de cuivre* pour que nous puissions croire qu'il existe un bronze naturel; ensuite, que la plupart des pièces que le docte archéologue a décrites et dont il a publié des dessins, ne sont probablement pas des haches, comme on l'a cru assez généralement. Un bon nombre de ces

2.

objets doivent être, selon moi, des instruments aratoires ; d'autres devaient être des instruments de charpenterie, tels que des espèces de. besaiguës. Je fonde cette
opinion sur la forme et les proportions diverses de ces
instruments, et je suis assez heureux de pouvoir mettre
mes lecteurs parisiens en mesure d'en apprécier la justesse, en leur faisant connaître encore que le Musée du
Louvre possède une dizaine de ces instruments réputés
celtiques, et que la plupart de ces objets sont absolument conformes aux dessins publiés, d'une part, dans
l'*Histoire de l'art de M. de Caumont*, et de l'autre, dans
l'une des notices que m'a fait passer M. Rafn. Or quelques-uns de ces instruments donnent une idée assez
juste de ce qu'ont pu être les bêches et les houes, quand
on n'avait pour, les fabriquer d'autre matière que l'airain. De plus, relativement à la première partie de
cette conjecture, je rappellerai ici une observation que
j'eus plus d'une fois occasion de faire dans mes précé-
dents écrits : savoir, que Proclus et quelques autres
auteurs disent formellement qu'avant la découverte du
fer, les anciens peuples se servaient de cuivre pour la
confection des instruments d'agriculture. Pour ce qui
est du second point, il me paraît que la forme étroite
et allongée des pièces que j'ai en vue rend cette conjecture des plus probables ; car si l'on est d'accord avec
moi pour admettre que la charpenterie dut être le premier art auquel l'homme se livra, dès qu'il eut éprouvé
le besoin de se créer une demeure, on doit reconnaître aussi que la besaiguë, ou un instrument à
peu près semblable, dut être l'un des premiers instruments qu'il ait été donné à nos pères d'inven-

ter, et dont, conséquemment, ils ont pu faire usage.

L'assertion de Proclus que je viens de reproduire et qui est restée constamment présente à ma pensée depuis qu'elle s'est portée sur la question que je m'attache à résoudre en ce moment d'une manière définitive, m'a fait trouver un assez vif intérêt dans un passage de la relation du capitaine Dupaix qu'à dessein je me suis abstenu de citer plus haut, me réservant d'en tirer parti au moment qui me semblerait plus opportun. Je crois ce moment venu ; car le passage dont il s'agit a précisément rapport à l'emploi du cuivre pour les instruments propres à travailler la terre. Le capitaine Dupaix, aux pages 43-44 du journal de sa seconde expédition, se reprenant à parler de cette espèce d'instrument dont un Indien trouva vingt-trois douzaines à une demi-lieue d'Antequera, et dont le contour était à peu près celui d'une ancre, dit :

« La première fois que je rencontrai un objet de « ce genre, j'admirai la matière et la régularité de sa « configuration, sans pouvoir deviner à quel usage il « avait pu servir. Je pensais toutefois que ç'avait été « une arme offensive, lorsque j'en trouvai d'autres à « Mitla. Mon doute fut le même jusqu'à ce qu'un jour, « allant entendre la messe à l'église paroissiale, je re- « marquai une ancienne peinture représentant saint « Isidore, patron des laboureurs, lequel tenait dans sa « main droite ce même instrument monté sur un man- « che. J'en conclus qu'à l'instar des Indiens, les agri- « culteurs l'avaient adopté comme une marque distinc- « tive de leur profession, et qu'ainsi, *au lieu d'être un* « *instrument de mort, c'était un instrument de vie.* »

En général, les récits des voyageurs modernes qui décrivent consciencieusement les mœurs et les habitudes des peuples, plus ou moins privés de relations avec les pays complétement civilisés, offrent des observations fort concluantes relativement à la véracité des historiens de l'antiquité grecque et romaine. Je vais en fournir quelques autres exemples qui ne sont pas d'un moindre intérêt. Je prends le premier dans le voyage que le capitaine Forest a fait à la Nouvelle-Guinée en 1775.

À la page 125 de ce voyage, chap. VIII, on lit : « J'appris que les Haraforas (peuples de l'intérieur) fournissent des fruits aux Papous (habitants des côtes occidentales), qui ne les payent pas chaque fois qu'ils en reçoivent; mais qu'une *hache* ou un *couperet* donné une fois à un Harafora soumet ses terres et son industrie à une taxe perpétuelle, et que dès lors il est obligé d'apporter de temps à autre des présents à celui qui lui a fait ce prétendu don. Tel est le prix que ces Indiens mettent au fer...... »

Ce peu de paroles ne viennent-elles pas encore fortement à l'appui de ce que j'ai avancé touchant la foi qu'il convient d'accorder à Homère, et le parti que l'on peut tirer de ses œuvres pour arriver à connaître, aussi bien qu'on peut le faire de nos jours, l'état de la civilisation des peuples qu'il a visités? Accordant que le mot *sidéros* a pu, dès l'âge héroïque, exprimer des objets de fer, quand il est accompagné d'épithètes qui caractérisent ce métal, j'ai du moins constaté que la matière, quelle qu'elle fût, qui portait ce nom à cette époque, ne figure jamais dans les œuvres de notre poëte, sauf deux exceptions, quand il s'agit d'armes offensives et défensives, et qu'elle devait servir alors plus généralement pour la fabrication des instruments les plus indispensables. Eh bien, nous voyons ici que les Haraforas qui, lors du passage du capitaine Forest, possédaient *des zagaies, des flèches* et même *des épées de cuivre*, n'avaient encore, en objets de fer, que *des haches et des couperets* : c'était; les termes mêmes de ce passage le font voir bien clairement, par la même raison qui empêcha si longtemps les peuples de l'Attique, du Péloponèse et de l'Asie Mineure, d'employer ce métal pour la confection de leurs armes et de leurs armures; c'était parce que les Haraforas, aussi bien que les anciens Grecs et les anciens Romains, ne tiraient point le minerai de fer de leur propre sol, ou qu'aucun artisan, chez eux, eût-il eu le minerai, ou même le métal tout fait à sa disposition, n'aurait su le façonner pour les divers besoins de ses compatriotes. Nous venons de voir que les instruments de fer avaient, en 1775, une telle valeur aux yeux d'un indigène de la Nouvelle-Guinée que, pour la possession d'un seul instrument de ce métal, il consentait à payer une sorte de tribut annuel à l'habitant de la côte occidentale qui le lui fournissait, et nous voyons aussi dans Homère que cette même matière, si commune maintenant dans toute l'Europe, avait chez les Grecs de l'époque héroïque une valeur non moins grande, puisque le vengeur de Patrocle, dans les jeux célébrés aux funérailles de son ami, offre pour prix aux rois qu'il comptait parmi ses compagnons d'armes, aux uns, la matière brute pour en faire faire des instruments *aratoires*, et à d'autres des *haches* toutes confectionnées, instruments non moins précieux que ceux de l'agriculture, eu égard aux divers, services auxquels ils peuvent être employés (1). Il est très-probable que le peu d'objets de fer que possédaient les Grecs et les habitants de l'Asie Mineure, aux temps héroïques, leur venaient de peuples assez éloignés d'eux, avec qui ils avaient des relations peu fréquentes; de même que ceux des Haraforas leur venaient encore, en 1776, des Chinois qui, sans doute, les visitaient aussi fort rarement. La supposition que fait Homère au sujet des murs de Troie, en disant qu'ils furent élevés par Neptune et Apollon, n'est probablement qu'une allusion à ce que ces murs, dont les pierres étaient mieux appareillées et dressées que celles des autres villes qu'il put connaître, avaient été construits sous la direction d'étrangers venus par mer, et qui avaient apporté avec eux de meilleurs outils que ceux fabriqués en ce temps chez les Grecs. C'étaient, probablement encore, des outils de fer (2). En effet, nous avons vu que ce métal était connu des Égyptiens dès le temps de Rhamsès II. Or l'on croit assez généralement que les Grecs tenaient leurs arts des Égyptiens.

S'il est vrai, comme le dit Winkelmann (page 14 de son *Histoire de l'art*), qu'avant le règne de Psammiticus,

(1) La hache, au moment où nous sommes, est encore, sur beaucoup de points de l'empire des Russies, l'instrument presque unique du charpentier et du menuisier. Un bon nombre des paysans qu'on rencontre dans les villes en portent une à leur ceinture : elle leur tient lieu de scie, de varlope, de rabot et de ciseau.

(2) Voyez à la suite de cet article, page 30, celui intitulé *Conjecture touchant la nature des premiers instruments, etc., etc.*

l'un des derniers rois de l'Égypte; l'accès de cette contrée était interdit aux étrangers, ce fait nous dispose
d'autant plus à concevoir comment les objets en fer ont
été si longtemps peu communs, parmi les Grecs, les
Étrusques et les Romains; pourquoi Homère cite la
massue d'Aréithoüs et la flèche de Pandarus, les deux
seules armes de *sidéros* qui aient existé dans les armées
grecques et phrygiennes, comme des présents des dieux,
venant, l'une de Mars, l'autre d'Apollon.

Je ne finirais pas si je voulais citer toutes les assertions des auteurs grecs et latins qui sont confirmées par
les observations des voyageurs modernes; je me contenterai d'exposer ici les plus curieuses. Il est assurément
très-remarquable que l'unique objet de fer que nous
connaissons comme appartenant à une très-haute antiquité, est une armature de *charrue*. Il y a donc lieu
d'admettre que Pline est dans le vrai, quand, pour
nous faire entendre que le premier emploi du fer fut
pour la confection des instruments servant à l'agriculture, il nous dit que les Romains, au moment de conclure la paix avec Porsenna, *tentèrent de rendre au fer
sa première innocence*, mots que m'a rappelés une observation toute semblable, faite par le capitaine Dupaix,
au sujet de l'instrument de bronze qu'il avait d'abord
pris pour une arme offensive, et que, plus tard, il re-
connut pour être un outil d'agriculteur : ainsi, dit cet
officier, après avoir avoué sa méprise, *au lieu d'être un
instrument de mort, c'était un instrument de vie*. J'ai tout
sujet de croire que l'instrument dont il s'agit et qui
excita l'admiration de l'agent du roi Charles IV, par la
régularité de sa forme et par *le son* que le métal rend

quand on le frappe, n'est pas de cuivre pur, comme il le pensait, que cette matière constitue un précieux alliage dont nous possédons quatre objets au Louvre, dans le Musée égyptien, lesquels objets consistent en deux coupes fort simples de formes, et deux couteaux. Voici sur quoi je fonde cette conjecture :

C'est M. Dubois, conservateur dudit musée, qui m'a fait connaître l'existence de ces objets curieux. En m'indiquant le lieu où je trouverais les deux coupes, il me les dépeignit en disant qu'*elles sont d'une conservation parfaite, et que le métal est sonore quand on le frappe.* Or on vient de voir que ce sont là précisément les caractères des instruments décrits par Dupaix. S'il ne dit pas positivement que celui dont il donne le dessin est d'une conservation parfaite, il le donne suffisamment à comprendre, en parlant de la régularité de son contour, de la douceur qu'il offre au toucher, et de plus, parce que, après avoir fait observer qu'on trouve plus ou moins abondamment des instruments semblables dans la province, il ajoute que les marchands qui recherchent les métaux achètent ces objets des Indiens, et en font cas pour *la bonté* et *la pureté* du métal : sur quoi je ferai observer, moi-même, que si la matière n'était autre chose que du cuivre pur, fût-il le plus pur possible, il est fort douteux que les instruments dont il s'agit eussent pu se conserver aussi intacts qu'on les trouve, tandis que ce fait est très-croyable si, comme je le pense, ils sont faits du même alliage que les pièces égyptiennes; car M. d'Arcet, qui a fait l'analyse de l'une des coupes, à l'hôtel des monnaies de Paris, attribue leur parfaite conservation à l'arsenic que le fabricant a joint heureusement au cuivre et à l'étain qui font les principales parties de leur composition.

Je me suis étendu un peu sur cette conjecture, parce que, si je rencontre juste, on pourra peut-être trouver dans le fait de l'existence au Mexique d'objets de cette nature, un indice de plus des relations, indirectes si l'on veut, que cette partie de l'Amérique peut avoir eues dans la haute antiquité avec l'Égypte; et je dis, un indice *de plus*, parce que le caractère des monmuents et de certains objets d'art qu'on a trouvés depuis un demi-siècle dans la contrée explorée par Dupaix, a déjà disposé plusieurs bons esprits à le penser.

Après les rapprochements que j'ai faits, dans le présent écrit, de tant de témoignages qui prouvent évidemment que l'airain fut le métal le plus généralement employé, dans les cinq parties de notre globe, pour la confection des objets de toute espèce, ustensiles et objets d'art, armes offensives, armures, instruments tranchants ou propres à travailler la terre, chez la plupart des peuples, dès qu'ils eurent atteint les premiers degrés de la civilisation, se pourrait-il qu'il restât encore quelque sujet de douter que ce métal ait pu être d'un usage tout à fait semblable chez les Grecs européens et asiatiques de l'époque héroïque? Se trouvera-t-il encore quelques hommes de bonne foi qui, ayant eu connaissance de ces faits, et quand je puis leur montrer de précieux restes de l'ancienne ville de Priam, et leur prouver l'identité du monument qui depuis tant de siècles porte le nom d'Achille, persistent à nier que l'auteur de l'Iliade et de l'Odyssée ait pu être quelque chose de mieux qu'un poëte?... Pour ce qui est de moi, toutes les recherches auxquelles on m'a en quelque sorte contraint de me livrer successivement depuis trois ans, ont eu pour effet de me convaincre de plus en plus, d'abord de l'authenticité de ces deux poëmes comme œuvres d'un même esprit; ensuite que leur auteur mérite bien justement le titre que l'antiquité même lui a donné, celui de *Père des poëtes et des histo-riens*. Les ouvrages dont j'ai consigné ici quelques extraits, ont bien fortement accru ma conviction sur ce point, et cela doit facilement se concevoir; car tout porte à croire que leurs auteurs, gens sans prétention, mais consciencieux et zélés, ont écrit pour le seul in-térêt des sciences historiques et géographiques, et qu'ils ont exposé scrupuleusement ce qu'ils ont vu, ou ce qu'ils ont appris, en n'admettant que ce qui leur a paru authentique. Or, comme ils visitaient des peuples nouveaux, ils se sont trouvés très à peu près dans la même situation qu'Homère : c'est ce qui fait qu'ils ont décrit un état de civilisation qui a tant de rapport avec celui que le chantre des temps héroïques s'est attaché à nous faire connaître, et que, parfois, racontant ce qu'ils ont sous les yeux, ils semblent répéter les propres paroles du poëte, ne se doutant point, quand ils s'expri-maient de la sorte, qu'ils témoignaient de la véracité d'un auteur qui écrivit sur des sujets semblables près de trente siècles avant leur naissance.

Il n'y a donc plus à en douter! l'homme célèbre connu de toute l'Europe, de l'Asie et des Américains modernes, sous le nom d'Homère, a réellement existé. Vivant au milieu d'un peuple à imagination riante, et

ami des fables, il mêla la fable à l'histoire dans la proportion qui lui parut convenable, ou plutôt, dans la
proportion que lui mesura son génie; mais si l'on considère que cette multitude de détails de tout genre dans
lesquels il est entré et qui, la plupart du temps, donnent à ses récits plus d'aridité que de charmes, sont
dans un accord parfait avec les observations des voyageurs qui décrivent ce qu'ils ont vu chez les peuples
avec lesquels nous sommes entrés récemment en relation, il faut bien reconnaître que dans ses œuvres, dirai-
je si discréditées de nos jours par le scepticisme? notre
poëte, véritablement historien, s'est proposé principalement, comme je l'ai dit ailleurs, de donner aux siècles
à venir *une idée juste des choses physiques, morales et
intellectuelles de son temps.* Ne faisons donc point fi
de ces œuvres : honneur à elles jusqu'à la fin des siècles; car les historiens, les géographes, les philosophes,
et surtout les archéologues, aussi bien que les littérateurs
et les artistes, auront pour longtemps encore un grand
intérêt à les consulter (1).

(1) Cette dernière phrase fait allusion à quelques paroles fort étranges
qui échappèrent l'an dernier dans un entretien avec moi, à l'un de nos
archéologues les plus élevés dans l'opinion publique, et dont je n'ose
répéter les propres termes, tant ils expriment de dédain pour les faits
rapportés dans l'Iliade, que mon illustre interlocuteur a refusé, jusqu'ici, de considérer comme récit historique.

Conjecture touchant la nature des premiers ins-
truments qui ont pu servir pour la taille de la
pierre dure, du marbre et du granite, et la dis-
parition complète de ceux de ces instruments qui
ont appartenu à la haute antiquité.

Tant que je n'aurai pas acquis la conviction que les
anciens, soit par une espèce particulière de trempe
propre au cuivre, soit par d'autres moyens, ont pu
donner à ce métal une dureté plus grande que celle
que nous obtenons par l'emploi de l'étain et par le pro-
cédé de l'écrouissage, je ne pourrai admettre que les
Égyptiens, les anciens Mexicains et tous les autres peuples qui ont employé la pierre dure et le granite dans
leurs constructions, n'aient eu que des instruments de
cuivre ou de bronze. Le capitaine Dupaix exprime sur
ce point une manière de voir en partie conforme à la
mienne. Immédiatement après avoir fait l'aveu que toutes ses recherches pour obtenir des instruments antiques *en fer* n'eurent aucun résultat, qu'il ne put se procurer que des ciseaux *de cuivre rouge pur*, et avoir dit
qu'aucune tradition n'a même pu lui faire supposer
qu'il y ait jamais eu chez les anciens habitants de Mitla
la moindre parcelle de fer travaillé, ce voyageur exprime
l'opinion que cela tient à ce que le fer ne peut résister
longtemps à l'humidité, et que la rouille, le rongeant
peu à peu, finit par le détruire entièrement. Il cite à
l'appui de cette conjecture un fragment de ce métal
qui lui fut montré dans l'antique Sagonte, lequel avait

fait partie de l'un des béliers employés jadis par Anni-
bal, lorsqu'il fit le siége de cette ville. « Il doit sa con-
« servation *telle quelle*, dit-il, à la résistance que son
« grand volume a opposée au temps, qui finira cepen-
« dant par le ronger tout à fait. »

Pour ce qui est de moi, ce qui me paraît très-certain,
c'est que le fer fut pendant plus ou moins de siècles,
comme je l'ai avancé, et par les raisons que j'ai exposées
convenablement dans mon livre, d'un usage fort restreint, et je pense qu'on trouverait plus abondamment
des objets de ce métal s'ils avaient été plus communément en usage; car le peu qu'on en a recueilli suffit
pour faire voir que l'anéantissement complet de la matière, ou son plus ou moins de conservation, dépend des
localités où ces objets peuvent avoir été trouvés.

M. Cailliaud, de Nantes, dans la relation d'un voyage
qu'il a effectué aux frais de notre gouvernement,
en 1819, 20, 21 et 22, en Égypte et en Nubie, con-
firme bien mes assertions relativement à l'emploi de
l'airain dans cette partie du monde comme dans toutes
les autres, en rapportant qu'il a trouvé dans des tombeaux *divers instruments tranchants en bronze*; et qu'en
général, la plupart des pièces de ce genre, représentées
en bas-reliefs sur les murs intérieurs des hypogées qu'il
a fait ouvrir en divers lieux disposent à croire par la
couleur qui les distingue, qu'ils étaient d'airain; mais
il dit aussi avoir recueilli quelques menus objets de
fer, à savoir, des bracelets et un petit étui dans lequel
un billet était renfermé. Ce fait non-seulement prouve
qu'il ne faut pas attribuer le dénûment si grand où nous
sommes d'objets de fer, provenant de la haute antiquité,

à l'anéantissement complet de ces objets *par la rouille* ;
il tend encore à nous maintenir dans l'opinion où nous
sommes de la rareté du fer à l'époque où ils furent confectionnés, attendu que ces menus objets peuvent être
considérés comme des espèces de joyaux qui avaient du
prix, positivement par la rareté de la matière, ainsi que
l'étain en avait au temps d'Homère ; ce qui nous est
donné à connaître par l'emploi que le poëte fait de ce
dernier métal, lequel, sauf les cnémides d'Achille, *œuvre*
d'un dieu, présent d'une déesse, figure toujours comme
ornement sur les diverses pièces que nous voyons si
souvent décrites dans l'Iliade. Il est présumable que les
bracelets et le petit étui trouvés par M. Cailliaud étaient
d'acier et non pas de fer.

La raison la plus probable de la disparition complète
des outils de fer, les seuls qui puissent être réellement
propres à tailler la pierre dure, le marbre et le granite,
je la vois dans l'importance qu'on attachait, dans la
haute antiquité, aux instruments de cette nature ; dans
le haut prix qu'on y mettait, en raison des grands services qu'on en retirait. On ne les laissait pas se perdre,
on se les transmettait d'un âge à un autre, en quittant
la vie. Ne voyons-nous pas dans l'Iliade que Nestor con-
servait précieusement la massue de fer d'Aréithoüs, dont
il était devenu propriétaire de la troisième main, cette
arme ayant passé d'abord d'Aréithoüs à Lycurgue, qui,
devenu vieux, s'en était dessaisi en faveur d'Éreutha-
lion, son écuyer, lequel, ayant imprudemment défié les
chefs de l'armée grecque, fut tué par Nestor, alors le
plus jeune, mais aussi le plus résolu de ces guerriers ?

Ce qu'il faut croire encore, c'est que, tant que le fer

fut aussi rare, et conséquemment aussi précieux, les objets qui en étaient composés, à mesure qu'ils atteignaient un certain point de dégradation, changeaient de forme et de proportions; je veux dire qu'on en employait la matière pour autre chose. C'est ainsi, il me semble, que peu à peu les anciens instruments ont pu disparaître, et que leur matière a dû se confondre insensiblement avec celle dont se servirent des peuples plus rapprochés des temps modernes.

Observations relatives à l'emploi des mots cuivre, airain, bronze.

Je me suis plaint, au début de ma notice sur l'emploi de l'airain à défaut du fer, page 4, ligne 9, de la confusion que les rapporteurs de faits archéologiques font presque toujours relativement à ces trois mots *cuivre, airain, bronze,* d'où il suit que, la plupart du temps, on ne peut savoir si les objets dont ils font mention sont de cuivre proprement dit, ou de bronze. En effet cette confusion s'oppose fort souvent à ce qu'on puisse apprécier convenablement tout à la fois l'antiquité de l'objet même et celle du monument où il fut trouvé. Il importe donc grandement, il me semble, de s'entendre pour assigner à chacun de ces mots une signification particulière. Voici la règle à laquelle il me paraîtrait convenable de s'arrêter.

3

A mon avis , le mot *cuivre*, dépourvu d'épithète qui détermine précisément sa nature, et quand on n'a aucun sujet de s'exprimer d'une manière plus positive, peut-être employé pour désigner , soit du cuivre pur, soit l'alliage de cuivre , et de zinc. Pour ce qui est du mot *airain*, il ne peut être convenablement employé que comme terme générique, et c'est à grand tort, selon moi, que beaucoup d'écrivains font usage de ce mot comme d'un synonyme de *bronze*. Je fonde le blâme que je me permets à l'égard de toutes les personnes qui se servent de ces deux mots indistinctement, sur un fait qui me paraît incontestable, à savoir que le mot airain nous vient du mot latin *æris*, génitif de *æs*, lequel mot fut certainement en usage avant qu'on ait connu le bronze. On peut donc s'en servir pour exprimer toute matière dont le cuivre forme le tout ou la partie principale, mais jamais avec la prétention de désigner spécialement, soit un cuivre plus ou moins pur, soit un alliage quelconque. Le cuivre pur, si l'on est dans l'obligation de le désigner d'une manière positive, doit l'être par cette expression *cuivre rouge* ou *de rosette* ; l'alliage de cuivre et de zinc est déterminé par ce mot *laiton*, ou par ceux-ci, *cuivre jaune*. Pour ce qui est du bronze, je le répète, il n'a point de synonyme, et il doit être spécialement réservé pour exprimer l'alliage *de cuivre* et *d'étain*, ou, si l'on veut, toute espèce d'alliage qui, ayant la propriété de faciliter l'opération de la fonte, a encore pour effets d'ôter à la matière principale ses qualités malfaisantes et de la rendre suscepti-

ble d'une durée presque infinie. Je propose cette va-
riante parce que Pline nous fait connaître que l'étain
ne fut pas l'alliage employé uniquement par les anciens
pour la composition du bronze; qu'ils ont aussi fait
usage de l'or et de l'argent : ce qui eut lieu probablement avant qu'on ait connu l'étain.

Pour rendre plus sensible ce que je viens de dire
touchant la confusion faite trop généralement des mots
airain et *bronze*, je vais reproduire ici les termes de
deux citations que j'ai eu l'occasion de faire dans la notice. En rapportant les expressions du rapport de
de M. Rafn, où il est fait mention des objets trouvés
dans une colline tumulaire de l'île de Moen, en Dane-
marck, j'ai dit, p. 14, ligne 14 : « Dans la partie supé-
« rieure de cette colline, était une petite caisse, où l'on
« a trouvé une urne remplie d'os brûlés, au-dessus des-
« quels étaient placés plusieurs instruments tranchants
« *en bronze*. »

Maintenant je dis que, dans le cas présent, il conviendrait de substituer le mot *airain* à celui de *bronze*,
parce que le mot *airain*, laissant indécise la question de
savoir si ces objets sont de cuivre ou de bronze, n'expose à aucune erreur; et que, vu l'antiquité des tumulus en général, il y a sujet de présumer que les objets
dont il s'agit sont de cuivre. Il serait bien à désirer
qu'on s'assurât, par l'analyse qu'on en pourrait faire, de
la nature positive de ces instruments, ce qui ferait connaître s'ils appartiennent, oui ou non, à une très-haute
antiquité.

Pour ce qui est de l'article du journal *la Presse*, relatif à la hache d'arme que les fouilles opérées dans la forêt de Bretonne ont mise à découvert, j'ai lieu de croire, au contraire, que le mot *bronze* y est convenablement employé, parce que la ruine d'où l'on a tiré cette hachette est romaine, et appartient à un temps qui ne remonte certainement point à l'époque de Jules César; or j'ai cité dans mon livre, Ire partie, p. 91-92; IIe partie, p. 118, le résultat d'analyses faites à Paris et à Naples, lesquelles tendent à convaincre que, pour tous les objets confectionnés dans des moules qui ne remontent pas au delà du VIe ou du VIIe siècle avant l'ère chrétienne, les anciens ont abandonné généralement l'usage du cuivre pour celui du bronze.

Une preuve que les mots *airain* et *bronze* ne doivent pas être confondus dans une même acception, que ce dernier mot, moderne, comparativement à l'autre, doit être exclusivement réservé, comme je le soutiens, pour désigner les alliages faits à l'imitation de la matière antique, qualifiée justement de ce nom de *bronze*, c'est que, de ce substantif *bronze*, on a fait le verbe *bronzer*, lequel a pour objet de spécifier l'acte par lequel on donne à une matière quelconque la couleur du bronze antique.

PARIS. — TYPOGRAPHIE DE FIRMIN DIDOT FRÈRES,
RUE JACOB, N° 56.

AVIS

AUX TRADUCTEURS FUTURS DE SOPHOCLE.

*Extrait d'une lettre adressée, à la date du 14 juin 1844, à MM. Meurice et Vacquerie, auteurs de la dernière traduction française d'*Antigone.

« Messieurs, dans la persuasion où je suis qu'en prenant la tâche de transporter sur la scène française l'*Antigone* de Sophocle, vous vous êtes proposé de faire de cette belle œuvre une traduction aussi fidèle, aussi littérale que possible, je crois rendre un bon office tout à la fois, à vous, Messieurs, à la littérature et à la science historique, en vous faisant savoir que, du moins relativement à un article sur lequel il peut m'être permis de prononcer en toute assurance, en raison des recherches que j'ai faites et des notions que j'ai acquises, vous n'avez pas atteint le but que vous envisagiez. Les deux opuscules qui vous seront remis avec la présente, vous expliqueront suffisamment, je pense, en quoi vous avez pu faillir : c'est en donnant lieu de croire, par les termes dont vous vous êtes servis pour rendre les vers 115, 832, 1125 et 1342 de votre auteur, que *le fer* était employé, par les Grecs de son temps, pour la confection de leurs armes et de leurs armures; et en faisant usage de ce mot *fer* comme équivalent de glaive, d'épée et d'armes en général.

« Dans votre œuvre, dont je suis fort loin de vouloir déprécier les mérites, le mot *fer* n'est exactement em-

ployé, je vous le dis avec franchise, que dans la traduction du vers 482, où il est justifié par le mot *sideros*
qui se trouve dans le texte grec; car, pour ce qui est du
mot *mudros* qui fait partie du vers 269, j'ai lieu de croire
que, dans la pensée de Sophocle, il devait exprimer
une matière incandescente quelconque, tout aussi bien
de l'airain fondu sortant de la fournaise, que du fer
rouge. Toutefois, en vous faisant cette observation, je
n'entends pas vous exciter à modifier votre traduction
sur ce point. J'y tiens d'autant moins, que cette expression *fer rouge* n'expose à aucune erreur touchant l'emploi du métal, lequel pouvait être déjà connu au temps
de Créon, mais qui, alors, ne devait servir que pour la
confection de quelques-uns des instruments et ustensiles
les plus indispensables. Vous trouverez, Messieurs, dans
cette même œuvre de Sophocle (vers 147) un indice
déjà bien puissant que, du moins au temps d'Antigone,
les armes et les armures étaient d'*airain*. « Les sept
chefs, » avez-vous dit justement,

> « Ont, malgré leurs cohortes,
> « Laissé, pour Jupiter, des dépouilles d'*airain*. »

« Que pouvaient être ces dépouilles, si ce n'étaient
des casques, des cuirasses et des boucliers, des épées,
des lances et des javelots? Vous verrez, particulièrement
dans celle de mes brochures qui a pour titre *Erreurs
très-graves signalées comme existant dans toutes les traductions d'Homère*, qu'en effet, dans l'âge héroïque,
tous ces objets étaient d'*airain*, c'est-à-dire, *de cuivre*,
et non pas *de fer*, ni même *de bronze*.

« Je désire, Messieurs, que ces avis vous arrivent à

temps, pour vous mettre à même d'effectuer, pour
l'édition que vous vous déterminerez sans doute à livrer
plus ou moins prochainement aux libraires, les légers
changements que la connaissance de ces faits vous en-
gagera probablement à faire à un ouvrage dont la publication peut devenir doublement utile, si, comme je le
présume, vous avez vivement à cœur de la rendre en tous
points conforme aux traditions exactes de l'antiquité,
et de servir d'un même coup la littérature et la science.

« L'empressement qu'en une circonstance toute pareille M. Eugène Bareste, le dernier venu parmi les
récents interprètes d'Homère, a mis à reconnaître au-
thentiquement la justesse des observations du même
genre que je lui ai soumises; l'engagement que cet helléniste n'a point hésité à prendre devant le public, celui
de profiter, dans la suite des publications qui lui res-
taient à faire, des lumières que je venais de lui fournir;
l'invitation cordiale que, par une note de sa traduction du IXe chant de l'*Odyssée*, il a adressée à tous les
hellénistes français et étrangers de suivre son exemple,
dans l'intérêt de la science historique, me donnent
tout sujet d'espérer, Messieurs, que vous ne prendrez
pas en moins bonne part que lui la démarche que je
fais en ce moment auprès de vous....., etc. »

'Depuis l'envoi de la lettre dont ce qui précède est
extrait, l'un des traducteurs de l'*Antigone*, M. Meurice,
est venu me remercier de cette communication, et m'apprendre qu'elle leur est parvenue trop tard, l'édition des-
tinée aux libraires sortant ce jour-là même de l'impression. Cette publication, plus prompte que je ne l'avais

présumé, en faisant naître en moi le regret de n'avoir
pu soumettre à ces messieurs mes observations un peu
plus tôt, m'a décidé à les rendre publiques, dans l'espoir qu'elles pourront du moins être mises à profit par
les traducteurs qui viendront après eux. Du reste,
M. Meurice s'est montré parfaitement convaincu de la justesse de mes remarques; et il a exprimé sincèrement l'intention de faire aux éditions subséquentes, s'il se trouve
dans le cas d'en donner, les changements désirables.

N. B. M. Dübner, philologue chargé de la rédaction
de la *Bibliothèque des écrivains grecs*, publiée en ces
derniers temps par la maison Firmin Didot frères, véri-
fication faite, à ma prière, de tous les passages d'Eschyle
et de Sophocle où le mot *sideros* est employé, m'a signalé un passage du *Prométhée* et plusieurs autres des
Sept chefs d'Eschyle, qui porteraient à croire que certains peuples de la Scythie, les Chalybes, se servaient
déjà d'armes de fer, environ deux siècles avant le sac de
Troie, et que l'usage de cette espèce d'armes se serait
introduit par eux chez les Grecs qui furent engagés dans
la première guerre de Thèbes; mais, en même temps,
le judicieux philologue fait observer, 1° qu'Eschyle, en
plaçant de telles armes aux mains d'Étéocle et de Poly-
nice, prend le soin de marquer l'origine *scythique* du *sideros*, et 2° que le mot *sideros* ne se trouve pas du tout
dans la tragédie des Perses du même auteur, qui contient cependant un très-long récit d'un combat auquel
Eschyle lui-même a pris part.

Relativement à Sophocle, *duquel les anciens van-
taient la fidélité aux traditions homériques*, M. Dübner

n'y a trouvé aucun passage capable d'altérer l'appui que
prête à mon opinion le vers 147 de l'*Antigone*, où il est
dit que les Argiens ont, en levant le siége de Thèbes,

« Laissé pour Jupiter des dépouilles d'*airain*. »

Toutefois la citation faite par M. Dübner des vers
730-732 de la tragédie des *Sept chefs* reste toujours précieuse, en ce qu'elle nous fait connaître qu'à l'époque
d'Eschyle on croyait, chez les Grecs, que l'usage des
armes de fer, qui devait être encore alors peu commun
parmi eux, leur venait de la Scythie. Il convient d'ajouter à ces remarques, pendant que je suis sur ce sujet,
que des deux historiens Hérodote et Thucydide, qui
tous deux appartiennent au v° siècle antérieur à l'ère
chrétienne, le premier, Hérodote, à propos de *sideros*
que Liches avait vu chez un forgeron en *airain* (Chal-
keus), et par rapport à un oracle, fait une réflexion
qu'Hésiode avait énoncée longtemps avant lui en forme
de prédiction, savoir, que ce *sideros* a été découvert
pour le malheur de l'homme, ce qui veut simplement
dire que l'on avait prévu dès le principe de son emploi,
d'abord tout pacifique, l'usage cruel que l'on ferait plus
tard de ce métal.

Pour ce qui regarde Thucydide, les passages de cet
auteur où se trouve ce même mot *sideros*, ont plus particulièrement pour objet des instruments propres à la
charpenterie et à la taille des pierres : ainsi, il y a toujours bien sujet de croire que l'emploi du fer, pour la
confection des armes et des armures, n'était point
encore général chez les Grecs, non plus que chez les
Romains, dans le v° siècle antérieur à l'ère chrétienne.

PROPOSITION AU GOUVERNEMENT FRANÇAIS.

Extrait d'un Mémoire adressé, le 27 mai 1844,

A S. EX. M. VILLEMAIN,

Pair de France et ministre de l'instruction publique.

. Précis. L'auteur du présent écrit, après avoir fait part à M. le Ministre des considérations qui l'ont porté à publier séparément·sa notice _sur l'emploi de l'airain à défaut du fer,_ qu'il joignait à son mémoire, et lui avoir exposé que la privation où il est de tout signe ostensible que le gouvernement du roi prenne intérêt à ses dissertations, nuit à la propagation des vérités qu'il s'attache à répandre, en ce qu'elle donne lieu de croire que la plupart des recherches auxquelles il s'est livré jusqu'à ce jour sont considérées par l'administration de l'instruction publique comme totalement dénuées d'importance, et que même, ses assertions, en ce qui regarde l'existence de quelques restes notables de l'ancienne ville de Troie, sont reconnues fausses, comme on le lui a reproché dans une feuille publique fort répandue en Europe, réitérant les propositions qu'il a soumises en différents temps, pour que des investigations nouvelles et authentiques soient faites sur les lieux, à l'effet de constater la réalité de ses découvertes, l'état actuel du théâtre de l'*Iliade*, et l'authenticité, comme récit historique, du poëme qui porte ce nom célèbre, terminait ce mémoire ainsi qu'il suit :

« Je désire, M. le Ministre, que Votre Excellence daigne me faire connaître, sans ménagement aucun, s'il me faut renoncer tout à fait à l'espoir d'être mis en situation, dans un temps plus ou moins proche, de prouver, sur les lieux mêmes, que mes découvertes dans la Troade sont réelles ; car, si je dois renoncer à cet espoir, force me sera d'ajouter aux huit cents exemplaires que je tiens en réserve, un précis des pièces que j'ai adressées à diverses époques, tant à vos prédécesseurs qu'à Votre Excellence elle-même, ainsi qu'à S. A. R. Mgr. le prince de Joinville et au Roi son auguste père.

«Voici, Monsieur le Ministre, les raisons majeures et finales qui peuvent me contraindre à prendre un tel parti.

« Dans l'état présent des choses, je ne dois point vous le taire, le reproche d'imposture qui me fut fait l'an dernier, à la face de l'Europe, puisqu'il a été publié, bien à dessein sans doute, dans l'un des journaux les plus répandus de l'Allemagne, *la Gazette d'Augsbourg* ; ce reproche, dis-je, n'est pas absolument dépourvu de fondements. L'écrivain qui me l'a fait pourrait avoir été porté à cette action par une considération, celle que, non-seulement tous les voyageurs qui m'ont précédé, en remontant jusqu'à Xercès, n'ont rien vu des constructions que j'ai décrites, mais que, bien plus, depuis moi, c'est-à-dire dans un laps de 33 ans qui s'est écoulé depuis l'exploration que j'ai faite dans cette localité célèbre, aucun autre voyageur, à la seule exception de M. Raoul Rochette et de l'architecte qui l'accompagnait, n'a également vu quelques parties de ces constructions, de ces lignes de murailles, dont j'ai cependant donné un plan et un dessin très-fidèles.

« Cela tient, Monsieur le Ministre, à ce que ces restes précieux gisent sur les bords des précipices, où les guides eux-mêmes n'osent pas s'aventurer, et que, particulièrement les constructions, celles qui sont les plus importantes et dont le témoignage est le plus positif, ne peuvent être vues que par les personnes qui descendent sur les escarpements mêmes.

« Ces derniers mots expliquent convenablement, ce me semble, pourquoi ces restes ont échappé à tant de recherches, pourquoi j'ai tant insisté pour que des investigations nouvelles et authentiques soient faites de mon vivant, moi présent, et pourquoi je redoute tellement qu'un événement quelconque vienne m'ôter la faculté d'anéantir cette accusation d'imposture qui pèse si cruellement sur mon âme : c'est parce que cet événement est possible, c'est parce que ces restes, tout suffisants qu'ils sont pour permettre d'établir à leur égard un jugement sain, ne formeraient pourtant en réalité, s'ils étaient réunis, qu'une masse fort médiocre qui pourrait être enlevée d'un moment à l'autre. Il suffirait pour cela, comme j'en ai fait l'observation dans le mémoire adressé le 28 février dernier à Mgr. le prince de Joinville, du zèle maladroit de quelque voyageur sans mission qui attirerait sur ces restes l'attention des habitants, et de la fantaisie ou des besoins du propriétaire du sol qui voudrait employer ces matériaux à n'importe quel usage (1). Il les enlèverait d'autant plus facilement que les pierres dont sont formées ces constructions, et qui, de mon temps, posées à nu sur le roc, se laissaient voir encore sur une étendue d'environ 350 mètres de développement, ne sont liées entre elles par aucune espèce de mortier.

« On le voit donc; si mes propositions sont définitivement écartées, il me faut absolument rendre publiques les démarches que j'ai faites, car c'est le seul moyen qui me resterait de me réintégrer dans la position qui m'appartient. Ce faisant, quelque chose qui doive arriver, j'aurai ôté, je l'espère, toute possibilité à qui que ce soit de soutenir désormais que j'aie pu écrire ce que j'ai écrit, tracer les plans que j'ai tracés, et enfin, solliciter, par l'entremise de l'un des fils de notre Roi, l'envoi sur les lieux d'une commission dont je ferais partie, si rien de ce que j'ai affirmé avoir vu et touché n'existait réellement : ce serait assurément me supposer par trop d'impudence.

(1) On m'a objecté que si les guides mêmes, comme je le dis vingt lignes plus haut, n'osent pas s'aventurer au bord des précipices où gisent ces constructions, il y a peu à craindre qu'elles soient enlevées quelque jour par les propriétaires du sol. A cela, j'ai dû répondre que la crainte que la profondeur du ravin inspire lorsque l'on est à quelques pas du bord, et qui détourne les guides mêmes d'en approcher, se dissipe quand on s'est avancé jusque sur ce bord, parce que l'on peut voir alors, que ce que l'on avait pris pour l'escarpement du rocher, et que l'on croyait à pic d'une grande hauteur, n'est autre chose que la base des murailles dont j'ai deviné l'existence ; que cette base ne s'élève le plus généralement que de quelques décimètres au-dessus du sol, et qu'il se trouve presque toujours au bas un empatement suffisant pour retenir celui qui s'y laisserait tomber.

« Mais je ne me dissimule pas, M. le Ministre, qu'une telle publication peut avoir des inconvénients assez graves, lesquels tiennent positivement à la confiance qu'elle doit naturellement inspirer dans mes assertions, confiance qui serait probablement d'autant plus grande que, cette fois, je devrais appuyer ces assertions par les indications les plus précises. Je crains, je l'avoue, d'éveiller ainsi, à un trop haut degré, comme je l'ai dit tout à l'heure, le zèle de quelque voyageur maladroit qui occasionnerait la disparition de ces précieux restes, ou de voir passer à des étrangers la gloire d'avoir accompli l'œuvre si heureusement commencée par nos compatriotes Lechevalier et le comte de Choiseul Gouffier. *J'aurais voulu que la tâche que ces hommes illustres avaient entreprise et conduite avec tant de sagacité, et qui a valu au premier l'honneur d'un buste en marbre, voté par souscription et placé à la bibliothèque Sainte-Geneviève, fût complétement achevée par des Français,* etc., etc. »

Trente jours s'étant écoulés depuis la remise que j'ai faite, moi-même, au Ministère de l'instruction publique du Mémoire dont je viens de donner ici les conclusions, sans qu'il y ait été fait aucune espèce de réponse, il m'a paru qu'il ne me restait plus autre chose à faire, dans le sentiment de mon honneur personnel, que de publier ce même extrait, en le faisant suivre des trois pièces qui vont terminer le présent cahier.

*Lettre adressée par l'auteur, en date du 5 mars 1842,
à S. A. R. MONSEIGNEUR LE PRINCE DE JOINVILLE, alors
commandant de la frégate la Belle-Poule.*

« MONSEIGNEUR,

« La mission que votre auguste père vous donna pour
Constantinople, en l'an 1839, vous a fourni l'occasion de passer deux fois devant la colline *où fut Troie*
et la plage que domine encore le tumulus d'Achille.
Tout pénétré de la lecture de l'*Iliade*, qu'on aura
nécessairement mise dans vos mains à la fin des bril-
lantes études que vous veniez de terminer assez récemment, vous avez sans doute éprouvé un regret,
celui qu'il ne vous fût pas loisible de descendre sur
cette plage que les chants d'Homère ont rendue si célèbre; plus d'une fois, je me le persuade, Votre Altesse
Royale, quand les voiles de son navire la reportaient
vers la France, en l'éloignant de ces lieux classiques,
s'est flattée par la pensée que, si elle doit un jour les
revoir, il lui sera permis de contempler de plus près
ce tumulus de l'un des plus anciens personnages historiques dans lesquels nous ayons foi, la tombe du héros
à qui le fils d'un autre *Philippe*, Alexandre le Macédo-
nien, s'est plu à rendre de solennels hommages. J'ai donc
toute raison de croire, Monseigneur, que pour vous
disposer à me faire la faveur d'agréer le livre que je
joins à la présente, il peut me suffire de vous dire que
cet ouvrage a principalement pour objet de fixer enfin
l'opinion des hommes de notre époque sur l'emplacement
qu'a pu occuper bien réellement cette ville de Troie, et de

convaincre de l'identité du monument qui porte ce nom d'ACHILLE, de ce monument qui recèle encore une partie des cendres du demi-dieu, et qui, de nos jours, était menacé de perdre le prestige que ce beau nom avait attiré sur lui.

« J'ai cru, je l'avoue, Monseigneur, qu'un tel ouvrage serait convenablement placé dans la bibliothèque de Votre Altesse Royale, et que, peut-être, l'acte que je fais en ce moment est susceptible d'avoir un effet dont les amis des recherches historiques et géographiques, aussi bien que les antiquaires et les archéologues, auraient un jour à s'applaudir.

« Je me suis dit, Monseigneur, qu'il y a bien lieu d'admettre la possibilité que V. A. R. jugera convenable de faire part au Roi de quelques-uns des points les plus saillants de cet écrit, et particulièrement des vœux déjà exprimés à son sujet par notre Académie des inscriptions et belles-lettres; qu'il n'est pas moins présumable, maintenant que la paix semble assurée pour longtemps entre les divers peuples de l'Europe et de l'Asie, que notre souverain, aussi porté que nous le savons à favoriser les recherches de cette nature, et qui, de plus, paraît avoir à cœur de faire participer tous les membres de sa famille à tous les genres de gloire, pensera ne pouvoir utiliser plus heureusement votre zèle dans la carrière que vous avez embrassée, qu'en vous confiant le soin de conduire et de mettre à l'œuvre la mission que S. M. se sera résolue à charger des nouvelles explorations à faire dans cette plaine et sur cet emplacement d'*Ilion, à l'effet de constater, d'une manière authentique, l'existence des restes précieux que j'ai dé-*

couverts, et sans doute aussi, *de refaire*, *avec toute l'attention désirable, la carte ancienne de la contrée vers
laquelle, depuis plus de vingt-cinq siècles, se reportent
sans cesse les pensées des érudits, des littérateurs et des
artistes de tous les pays civilisés.*

« Ayant déjà dépassé mon treizième lustre, je dois,
mon Prince, me défier de mes forces, et il ne me conviendrait plus de réclamer l'honneur de diriger, comme
on semble me désigner pour cela, une mission qui, si
elle ne comporte plus aucun danger, ne peut manquer
du moins d'imposer à ceux qui la rempliront des priva-
tions que la jeunesse peut seule supporter, et dont j'ai
été fort à même de connaître la mesure. Mais si, en
effet, vous ouvrant à la noble ambition d'accomplir
une tâche que commença heureusement le plus illustre
des amiraux de l'antiquité, Pline l'Ancien, vous sollicitez
et obtenez de votre auguste père, d'être chargé du soin
que je viens de dire, pour peu que j'y sois encouragé, je
me prévaudrai de mes antécédents pour solliciter un emploi dont je puis encore espérer pouvoir m'acquitter convenablement : celui de conduire vos pas dans cette localité qui m'est si familière; celui, pour l'expliquer par un
seul mot, de servir, dans cette localité de *cicerone* à Votre
Altesse Royale. Je croirais, par cela seul, me rendre suffisamment utile, car, quelque attention que j'aie eue à bien
indiquer sur l'une des cartes que je mets sous les yeux
de mes lecteurs, les points où il me paraît important de
faire des recherches, cependant on conçoit l'avantage
que les membres de la mission retireraient, à leur arrivée dans des lieux où chaque quart de siècle efface bien
des vestiges, de la présence d'un homme qui, les ayant

explorés il y a trente ans avec une attention toute particulière, serait en mesure de leur montrer du doigt les
points où l'on pourrait faire des fouilles avec l'espoir
très-fondé d'obtenir quelque heureux résultat.

« J'ai l'honneur d'être, etc.; etc. »

*Réponse faite à l'auteur par le secrétaire des commande-
ments de S. A. R.* Monseigneur le Prince de Joinville.

Tuileries, 8 mars 1842.

« Monsieur, Mgr. le Prince de Joinville me charge de
vous exprimer toute sa reconnaissance pour la pensée
que vous avez eue de lui offrir les intéressants résultats
de vos recherches sur la Troade, et sur les anciens
champs de bataille des héros d'Homère. Il est peu probable que la frégate, aujourd'hui commandée par
S. A. R., puisse recevoir la destination scientifique que
vous voudriez lui voir assigner par le Roi; mais si jamais
ce bâtiment, ou un autre, avait la mission de porter
des savants pour recommencer les curieuses explorations auxquelles vous vous êtes livré il y a trente ans,
vous seriez certainement fondé à réclamer, *auprès de
Son Altesse Royale*, le premier rang parmi les voyageurs que désignerait le Gouvernement.

« Je vous renouvelle, etc., etc. »

Lettre adressée, le 28 février 1844,

AU ROI,

LOUIS PHILIPPE Ier, ROI DES FRANÇAIS.

SIRE,

En proie depuis longtemps à des tribulations que m'a values la publication d'un livre que j'ai fait paraître il y a trois ans, sous le titre de *Découvertes dans la Troade*, j'en étais arrivé au point de ne voir d'issue heureuse à cette fâcheuse position que dans un recours à Votre Majesté. Cependant, la crainte que ma demande pût lui paraître indiscrète, m'avait retenu jusqu'à ce jour. Un souvenir de mes premières études, joint à une réflexion, et plus encore l'espoir que Monseigneur le Prince de Joinville, de qui j'ai déjà reçu, pour cette même affaire, un témoignage de bienveillance et d'intérêt, voudra bien se rendre l'interprète de mes sentiments réels et de mes vœux, viennent de vaincre enfin ma timidité et mon irrésolution.

J'ai envisagé, Sire, que dans les écrits et les propositions dont S. A. R. pourra vous transmettre la substance, ce n'est pas ma personne qu'il convient de voir, mais bien celle d'Homère, puisque, si V. M. adhère à ces propositions, tous mes actes auront eu en définitive pour résultat, de faire rendre à ce grand homme et à ses récits la réalité et le degré d'importance que, depuis un demi-siècle, on leur conteste avec trop de succès. Puis, me souvenant que deux des plus grands monar-

ques de l'antiquité, Pisistrate et Aléxandre le Grand,
n'ont pas dédaigné de s'employer pour que les œuvres
du chantre d'Achille soient transmises aussi pures que
possible à la postérité par delà les temps où nous vivons,
je me suis dit que, non-seulement la tâche que je prends
la licence de vous offrir, n'est point indigne d'occuper
un de vos moments, mais qu'il se peut même qu'elle ne
doive être prise convenablement que par un souverain.

En effet, Sire, il n'est pas seulement ici question de
rendre à des écrits, admirés et commentés pendant
plus de vingt siècles chez tous les peuples de l'Asie et
de l'Europe, l'authenticité qu'on leur conteste de nos
jours, il s'agit encore de dégager la mémoire des deux
grands princes que je viens de nommer, d'une insinuation intolérable qu'une succession d'écrivains, malheu-
reusement fort en crédit, font peser sur ces esprits
éclairés et si dignes du rang suprême qu'ils ont tenu
dans le monde ancien, cette insinuation, ce reproche
indirect d'avoir accepté pour objet de leur vénération,
un être imaginaire, et d'avoir poussé la simplicité jusqu'à s'occuper sérieusement de nous transmettre, comme
faits réels, de pures fables, dignes à peine d'exercer,
dans l'une des langues anciennes que nous cultivons,
la jeunesse de nos écoles.

J'ai l'honneur d'être, avec le plus profond respect,

Sire,

De Votre Majesté, etc., etc.

Signé MAUDUIT.

EMPLOI DE L'AIRAIN

CHEZ LES HÉBREUX, LA PLUPART DES PEUPLES DE L'ASIE,

ET QUELQUES PEUPLES MODERNES DE L'EUROPE.

I

De ce que, dans ma dissertation sur l'emploi de
l'airain à défaut du fer chez la plupart des peuples des
cinq parties du monde, je n'ai pas cité les Hébreux, il
ne faut pas conjecturer que j'admets pour vraie l'opinion de beaucoup de gens qui veulent que le fer ait été
communément employé par ce peuple, en des temps
fort antérieurs à ceux où vécurent les héros illustrés
par Homère. Mon silence sur ce point tient uniquement
à cela, qu'appréciant les choses en raison des erreurs
commises jusqu'ici dans la presque totalité des traductions des œuvres de l'immortel poëte, présumant que
de semblables erreurs pouvaient avoir été faites par les
interprètes des livres saints, et reconnaissant ma complète ignorance dans la langue de Moïse, je ne me
croyais pas alors en mesure d'examiner avec fruit ce fait
particulier. Mais depuis, une réflexion toute simple s'est
offerte à mon esprit: c'est que si les traducteurs d'Homère, en tant de langues diverses, ont pu commettre
de semblables fautes, cela doit être attribué, en bonne
partie, à ce qu'aucun d'eux n'a possédé l'idiome de
l'Iliade et de l'Odyssée comme sa propre langue. Cette

I

réflexion une fois faite, il m'a paru qu'il me suffirait, pour me mettre à même de me prononcer pertinemment en ce qui touche l'état de la question chez les Juifs, de m'assurer, par le témoignage des érudits de ce peuple, toujours existant bien que disséminé, que les passages des livres saints sont exactement rendus dans nos principales traductions. Cette pensée a eu pour mon travail le plus prompt et le plus heureux résultat. Dirigé par l'un de ces doctes personnages, j'ai puisé aux meilleures sources, et dès mes premières recherches, j'ai pu acquérir la certitude que, pour ce qui est de l'emploi comparatif de l'airain et du fer chez les descendants d'Abraham, dans la confection des armes, ainsi que de toute espèce d'ustensiles et d'instruments tranchants, tout dut être chez eux, au temps de Moïse, comme je l'ai pensé, c'est-à-dire très à-peu-près comme le chantre d'Achille nous fait voir que les choses étaient au temps de ce héros chez les Grecs.

C'est donc en m'appuyant, non pas seulement sur mes propres observations, mais bien plus encore sur celles d'hommes qui ont possédé parfaitement la langue hébraïque et qui ont fait une étude approfondie des saintes Écritures, que je vais soutenir cette dernière proposition.

Des savants, se fiant sur un passage de la Genèse où l'art de forger l'airain et le fer est attribué à Tubalcain, se sont persuadé que ces deux métaux étaient en usage l'un et l'autre, et concurremment, en des temps antérieurs au déluge (1). Nul n'est sans doute en mesure de nier positivement que cela ait été ; mais nous pouvons

(1) Voyez la Genèse, c. IV, v. 22.

du moins avancer que, si le fait est réel, il faut croire
alors que la submersion de notre globe a fait perdre
aux survivants la connaissance d'un bon nombre de
procédés industriels, parmi lesquels il faut compter celui d'extraire le fer et de le travailler; car il résulte bien
évidemment de la lecture attentive que l'on peut faire
de l'Ancien Testament, que, chez les Hébreux, ce métal
n'est devenu d'un usage un peu commun que postérieurement au règne de David, c'est-à-dire vers l'an du monde
2989, près de deux siècles après le sac de Troie (1).

Dans la jeunesse de ce prince, sous le règne de Saül,
les armes offensives, de quelque matière qu'elles fussent, étaient encore excessivement rares. Chaque combattant de l'armée juive s'en faisait une à sa guise. On
remarque que Samgar tua six cents Philistins, avec le
soc de sa charrue (2). Debbora, dans son cantique, dit
qu'il n'y avait ni lance, ni bouclier, dans quarante mille
soldats d'Israël (3). On ne voit point que Samson se soit
jamais servi d'armes ordinaires. Il combattait avec ce
qui lui tombait sous la main, une mâchoire d'âne, une
massue, etc. Dans la guerre de Saül contre les Philistins, il ne se trouva dans toute l'armée d'Israël, que ce
prince et Jonathas son fils qui fussent armés d'épées et
de lances (4). Les Philistins, qui opprimaient les Hébreux,
empêchaient que dans tout le pays il n'y eût des ou-

---

(1) Voyez dans la Bible de dom Augustin Calmet, abbé de Sénones, éd. de 1821, VI° vol., p. 583, l'article intitulé *Dissertation sur
la milice des Hébreux.* — (2) V. l. des Juges, c. III, v. 31. — (3) Même
livre, c. V, v. 8. — (4) Il n'est pas dit dans l'hébreu que ces lances et ces épées fussent de fer. V. liv. I°ʳ des Rois, c. XIII, v. 22.

vriers qui pussent leur fabriquer des armes ; on était obligé d'aller chez les Philistins pour y faire raccommoder jusqu'aux intruments de labourage (1).

L'auteur de la dissertation dont je viens de tirer ces premiers renseignements, présente, relativement à la priorité de l'emploi de l'airain, non-seulement chez les Hébreux, mais également chez la plupart des peuples de l'antiquité, des arguments tellement conformes à ceux que j'ai fait valoir dans mes propres dissertations, qu'il serait naturel d'en conclure que j'ai dû puiser dans son livre les opinions que j'ai professées sur ce sujet dans le mien. Il cite, comme je l'ai fait, Homère, Hésiode et plusieurs autres écrivains des temps plus ou moins reculés. Arrivant à décrire l'état des choses dans les temps postérieurs au règne de Saül, ou chez des peuples plus avancés dans la civilisation que celui d'Israël ne l'était à cette époque, il dit :

« Les Hébreux employaient dans la guerre les mêmes armes que leurs voisins ; ils étaient armés d'épées, de dards, de lances, de javelots, d'arcs, de flèches, de frondes. Ils portaient le casque, la cuirasse, le bouclier, les cuissards. L'armure la plus complète dont l'Écriture nous parle est celle de Goliath ; comme elle était tout extraordinaire par son poids et par sa grandeur (on aurait pu ajouter : *et pour le temps*), on a pris soin de nous la décrire et de nous en conserver les particularités. La lance de ce guerrier, renommé pour sa taille colossale et sa force, était armée de fer. Il portait entre les deux épaules un *kidon* (espèce de javelot) d'airain.

(1) V. Liv. 1er des Rois, c. XIII, v. 19 - 20.

Son bouclier et son casque étaient de même, métal. Sa cuirasse était une armure de lames d'airain imitant les écailles de poisson. Il portait en outre des cuissards d'airain. L'Écriture ne dit pas de quel métal était son épée. En général on doit remarquer que, pour l'ordinaire, les armes étaient d'*airain* ; il est bon d'en donner ici quelques preuves contre ceux qui veulent que le nom d'airain, dans les descriptions des armes, se prenne, ou pour le métal en général, ou pour le fer et l'acier. On avoue que le nom de *cuivre* est quelquefois mis pour le fer ; mais c'est seulement depuis que le fer, et l'acier sont devenus plus communs et que l'on a commencé de faire avec ces métaux ce qu'auparavant on ne faisait qu'avec l'airain.

« Hésiode, dans la description qu'il a faite des premiers âges du monde, dit que l'âge d'or fut le premier , puis l'âge d'argent, ensuite l'âge d'airain, et enfin l'âge de fer. En parlant de l'âge d'airain, il assure que non-seulement les armes et les instruments de labourage, mais aussi les maisons étaient d'airain (1), parce qu'on n'avait point encore l'usage du fer. Proclus, un des commentateurs de ce poëte, remarque qu'au commencement on avait, pour durcir le cuivre, une certaine trempe qui le rendait aussi pur et aussi solide que le fer ; mais cette trempe ayant été perdue, on en vint enfin au fer pour la guerre et pour le labourage. En effet , on trouve encore quel-

(1) Dom Calmet prend trop au positif les paroles d'Hésiode : on peut voir, par la description que fait Homère du palais d'Alcinoüs , Odyssée , ch. VII, qu'il s'agit seulement de distributions intérieures dont les murs, des deux côtés, étaient revêtus d'airain. M.

ques armes anciennes de cuivre qui sont d'une trempe
aussi dure que l'acier, et même des clous d'airain d'une
dureté égale à celle du fer. On a trouvé aussi des ciseaux
de bronze, propres à couper des lames de cuivre. On a
des clefs, des plats, des patères, des coupes, des réchauds,
des *couteaux*, des *haches*, des *pointes de pique* et cent
autres choses de cette nature, qui sont d'un bronze
très-solide........ Les arcs, dont la trempe doit être si
bonne, et qui ne se font aujourd'hui que d'acier, se faisaient autrefois d'airain.......

« Les sorcières, nous dit Virgile, se servaient d'une
faucille d'airain pour cueillir leurs herbes au clair de la
lune (1), et Servius remarque qu'anciennement, dans
les choses de religion, on se servait plutôt d'airain que
d'autre matière, et qu'on avait conservé à Rome la cou-
tume de ne couper les cheveux au prêtre de Jupiter
qu'avec des ciseaux de cuivre (2).

« Le seuil, les gonds, les pivots et les lames qui cou-
vraient les portes étaient d'airain. Ce qui nous reste
d'instruments de sacrifices de l'antiquité est de cuivre,
et il est à remarquer que Moïse n'emploie que l'airain,
l'or ou l'argent dans les vases du tabernacle, et que Sa-
lomon n'emploie pas d'autre matière pour ceux du temple.

(1) V. Énéide, liv. IV. Ovide, au quatrième livre des Fastes, v.
405, constatant aussi l'état des choses dans les premiers siècles de la
civilisation, dit : *Æs erat in pretio : chalybeia massa latebat.* « On
recherchait l'airain : le fer était alors encore caché (sous la
terre). » M.—(2) C'est ainsi que les prêtres hébreux, plusieurs siècles
après que l'on eut commencé à faire usage des métaux, pratiquaient
encore la circoncision avec des couteaux de pierre, *cultros lapideos*.
V. Josué, c. V, v. 2. M.

« Homére, en cent endroits, parle des armes et des instruments de labourage qui étaient d'airain. Il décrit, par exemple, un chariot dont l'essieu était *de fer* (1), les jantes et leur garniture *d'airain*. Il parle ensuite des soldats dont les uns portaient des armes de cuivre et les autres de fer (2). Hérodote assure que chez les Massagètes (peuples qui habitèrent la Scythie, ancêtres des Huns), non-seulement les cognées, mais aussi les piques, les carquois, les haches, étaient de ce métal. Xénophon parle souvent de ces mêmes sortes d'armes. Il dit que les Perses portaient des cuirasses et des casques d'airain. Alcée parle des épées et des chaussures de la même matière. Philippe, roi de Macédoine, voulait, disait-il, aller par dévotion placer une statue d'Hercule sur le bord du Danube. Les Scythes lui firent dire qu'il pouvait la leur envoyer, qu'ils la dédieraient eux-mêmes; que s'il voulait la mettre malgré eux, ils la fondraient *pour en armer leurs flèches*. Enfin Virgile marque souvent l'airain comme la matière des armes.

« L'Écriture n'est pas moins expresse ni moins claire que ces auteurs. Elle parle de boucliers, de casques, d'arcs, de chaînes, de roues et d'essieux ; de barres de

---

(1) J'ai fait remarquer dans mon livre Découv. dans la Troade, IIe partie, p. 187, comme une preuve de la rareté du fer aux temps héroïques, que cet essieu, la seule pièce de ce genre faite de ce métal qui soit citée par Homère, était celui du char d'une immortelle, de Junon. V. Ili., ch. V, v. 723. M.—(2) Le docte abbé commet ici une erreur : dans le passage qu'il a en vue, il ne s'agit pas d'armes, mais seulement de matières de cuivre et de fer dont les guerriers du camp grec se servaient comme objet d'échange, pour se procurer du vin récemment arrivé de Lemnos. V. Ili., ch. VIII, v. 437. M.

porte, de chaussures même d'airain. Si elle avait voulu marquer le fer ou l'acier dans tous ces endroits, pourquoi employer le mot d'*airain*, puisqu'elle a des termes propres pour signifier *le fer?* Si l'on ne rencontrait ces termes que dans des pièces de poésie, on pourrait croire que, par une figure de discours et par une licence poétique, les écrivains ont mis un métal pour un autre, et le bronze pour du métal en général, si toutefois il peut y avoir de semblables licences dans les divines Écritures. Mais que, dans les livres historiques même, dans une narration simple et sans figure, les auteurs sacrés aient usé de ces libertés, c'est ce qui n'entrera dans l'esprit de personne. Il faut donc prendre à la lettre les expressions de l'Écriture qui nous décrivent les armes d'airain. »

Ayant ainsi considéré la question en thèse générale, le savant abbé s'explique sur chaque arme en particulier. Mais, comme je n'ai point pris à tâche de faire un cours complet d'archéologie, je me dispense de le suivre plus loin; je crois pouvoir me restreindre à dire ici quelques mots des chariots de guerre, et ce sera uniquement en vue de prémunir nos artistes, en ce qui touche l'emploi comparatif de l'airain et du fer, contre les erreurs où ils pourraient tomber s'ils s'en rapportaient sur ce sujet aux opinions d'écrivains peu réfléchis.

En effet, j'ai rencontré des personnes fort disposées à soutenir la haute antiquité de l'emploi du fer, non-seulement en raison de ce verset de la Genèse qui fait remonter cet emploi à des temps antérieurs au déluge, mais en s'appuyant en outre sur ce que, dans les autres livres de la Bible, il est souvent question de *chariots de*

fer. Je conçois que, prenant cette expression, au positif,
on soit très-porté à croire que le fer a pu être répandu
en assez grande abondance parmi les peuples qui se
sont servis de ces terribles instruments, puisque l'Écriture les cite comme se trouvant par centaines et même
par milliers dans quelques-unes des armées dont elle
rapporte les engagements successifs avec le peuple de
Dieu ; mais, d'abord, par cette expression : chariots de
fer, il faut entendre seulement des chariots armés d'instruments de fer. Notre auteur, dom Calmet, fait lui-
même l'observation que l'Écriture distingue deux sortes
de chariots, les uns qui servaient pour la monture des
princes et des généraux, et les autres qui, *armés de fer,*
étaient poussés sur l'infanterie où ils causaient de furieux
ravages. Ensuite les chariots les plus anciens dont nous
ayons connaissance, et qui sont ceux que Pharaon mena
contre les Israélites après leur sortie d'Égypte, ces chariots, dis-je, appartenaient à la première espèce. Or
c'étaient de simples chars qui devaient avoir un très-
grand rapport avec ceux des héros de l'Iliade. Je ne fais
aucun doute qu'ils n'étaient point armés. L'Écriture ne
le dit pas (V. Exod., c. XIV, v. 7). Pour ce qui est des
chariots de guerre proprement dits, ce qui doit s'entendre des chariots armés de faux ou d'autres pièces
meurtrières, ils furent en usage tout au plus tôt, chez les
peuples ennemis des Juifs, vers l'an du monde 2560,
puisque l'Écriture, en parlant de ceux que la coalition
formée par Jabin, roi d'Azor, traîna avec elle contre
l'armée de Josué, n'indique pas que ces chariots fussent
armés de fer, ni même d'airain (1). C'est seulement dans

(1) V. Josué, c. XI, v. 4-11.

le livre des Juges, lequel vient à la suite de celui de
Josué, que le texte hébreu fait mention, en termes
précis, de chariots de fer (V. c. I.ᵉʳ, v. 19). Il est bien
présumable que les premiers chariots armés dont on
a fait usage, n'importe chez quel peuple, l'ont été
d'abord avec des pièces d'airain.

Si l'on tient à avoir une connaissance plus étendue de
ces machines de guerre, de la manière dont elles étaient
disposées et armées, de leur plus ou moins d'importance, des causes qui en ont fait abandonner l'usage,
c'est à la dissertation même de dom Calmet qu'il convient de recourir; ceux de nos artistes peintres qui
pourraient être dans le cas de traiter des sujets tirés de
l'Ancien Testament, ou de quelque autre histoire con-
temporaine de celle des Hébreux , me sauront gré, je
l'espère, de leur avoir signalé cet écrit, encore si peu
connu de nos jours, car ils y trouveront une foule de
détails précieux sur ce qui regarde les armes et les armures des divers peuples de l'Asie, depuis les épées, les
lances, les *kidons* (1) et autres armes offensives, jusqu'aux

(1) On n'est pas bien d'accord sur ce qu'on doit entendre par le mot
kidon. La Vulgate et quelques bons interprètes l'ont pris pour un
bouclier; les Septante et Aquila pour une sorte de dard; mais, en
voyant rapporté dans l'Écriture que Josué, pour donner à des troupes
qu'il avait mises en embuscade le signal d'attaquer, leva son *kidon*, et
ne le baissa point jusqu'à ce que tous les ennemis fussent tués, je
conjecture que ce ne devait être autre chose que ce que dans nos
armées on connaît sous le nom de *fanion :* c'est une petite enseigne
dont la hampe n'a que la hauteur d'un javelot, et qu'un sous-officier
par compagnie porte dans toutes les marches pour servir à régler les
mouvements des troupes dans les manœuvres. V. Josué, c. VIII, v 19
et 26, et Dissertation de dom Calmet, p. 610. M.

boucliers et aux cuirasses de diverses espèces, aux cuissards, aux cnémides, aux ceinturons, aux enseignes, et
même aux tentes et aux campements.

Pour mettre nos artistes en mesure de juger si le moment est venu pour eux de s'ouvrir aux communica-
tions que je me suis plu à leur faire à diverses reprises
sur ce sujet, je crois devoir leur apprendre que cette
question de l'emploi de l'airain pour la confection
des armes et des ustensiles de toute espèce, que
dis-je, cette question, soutenue il y a plus d'un siècle
par le docte abbé de Sénones et par plusieurs autres
de nos compatriotes, est au moment de faire un grand
pas à l'étranger. En effet, elle se trouve avoir été également traitée dans le sens de mes opinions par un savant
professeur de Berlin, nommé Link. La publication de
son livre, intitulé: *Le monde primitif, ou l'antiquité ex-
pliquée par l'étude de la nature*, doit être déjà assez
ancienne en Allemagne, puisque la traduction qui a
paru chez nous, dès l'an 1837, a été faite sur une
deuxième édition. Je crois faire encore une chose agréa-
ble à mes lecteurs en empruntant à cette traduction les
passages suivants, extraits du tome second. On lit, page
375 et suivantes:

« L'usage des métaux indique un peuple qui a déjà
fait un grand pas dans la carrière de la civilisation,
car les peuples bruts et sauvages sont les seuls à qui
l'usage des métaux soit inconnu. Notre étonnement
est à son comble lorsque nous considérons le pas immense que les hommes, qui les premiers mirent en
œuvre les métaux, firent pour arriver à l'art de les re-

connaître et de les travailler, eux qui n'avaient, comme tout porte à le croire, qu'une connaissance très-superficielle de la nature. Le nom de celui qui découvrit l'art de reconnaître les métaux et de les fondre, se perd dans la nuit des temps fabuleux (1), comme le nom de celui qui inventa l'art de cultiver la terre et de dompter les animaux. »

Après avoir avancé que l'or est de tous les métaux celui qui fut le plus facile à trouver et à extraire du sein de la terre, parce qu'on le rencontre souvent à l'état natif, soit à la surface du sol, soit sous la terre végétale à peu de profondeur, et que l'argent, bien qu'on ne le voie pas répandu d'une manière aussi générale que l'or, qu'il ne se rencontre point comme celui-ci sur le bord des fleuves et des ruisseaux, est pourtant encore assez facile à trouver, arrivant à parler du cuivre, il continue en disant:

« Le cuivre se trouvé aussi à l'état natif dans ces terrains que Pline qualifie de vierges, parce qu'on n'en a encore extrait aucun métal. On le trouve dans les deux Amériques. Dans la collection minéralogique de Lisbonne, on en voit une masse considérable ; et souvent les voyageurs en mentionnent de pareilles. Frésier cite une masse de cuivre natif de 150 quintaux. Mais le cuivre, à cet état, est bien plus rare que l'or et l'argent; ce fut le troisième métal dont l'homme fit la découverte : aussi le troisième âge porte-t-il son nom....

(1) Ces mots font probablement allusion au passage de la Genèse que j'ai cité à la page 2 du présent écrit. Ils donnent à penser que M. Link considère aussi comme très-douteux que l'art de travailler le fer remonte à des temps antérieurs au déluge. M.

« Le cuivre était le métal que, dans l'antiquité, on employait de *préférence* pour la confection des armes (1). Le fer (*sideros*) est rarement employé, si ce n'est comme ornement ou pour la confection d'une partie distincte de l'arme (2). Lorsque Vulcain veut forger des armes pour Achille, il emploie le cuivre, l'or, l'argent et l'étain; il n'est point question de fer (V. Il., ch. XVIII, v. 460). Hérodote, l. II, c. 152, dit en termes bien clairs que les Ioniens et les Cariens avaient des armes de cuivre; que les Égyptiens au contraire, plus avancés dans l'art de travailler les métaux, ne portaient que des armes de fer (3); en parlant des Massagètes, l. I, c. 215, il dit que leurs armes étaient seulement en or ou en cuivre, par conséquent qu'ils n'en avaient point en argent ni en fer. Les poésies d'Hésiode ne parlent que du fer et des armes en fer (4). Les Vandales (peuples de la

(1) D'accord sur le fond avec M. Link, je ne puis l'être sur l'emploi qu'il fait ici du mot *préférence* : je ne saurais admettre qu'aucun peuple de l'antiquité ait pu employer de préférence une matière inférieure en qualité à une autre, et je crois fermement que, du moins pour la confection des armes offensives et des instruments propres à travailler la terre, à tailler la pierre et à ciseler les autres métaux, tant qu'on a employé l'airain, c'est qu'on n'a pu se procurer du fer en quantité suffisante pour les divers besoins qu'on éprouvait.

(2) Il me paraît que M. Link se trompe encore en s'exprimant de la sorte ; car les principaux objets pour lesquels Homère emploie le mot *sideros* sont une masse d'armes, une flèche, des haches doubles et simples, et un essieu.

(3) On va voir tout à l'heure qu'en s'exprimant ainsi, Hérodote a voulu exposer ce qui existait de son temps chez les Grecs asiatiques et chez les Égyptiens. M.

(4) Le savant professeur se méprend de nouveau, ce me semble, dans cette interprétation de l'un des poëmes les plus remarquables

Germanie qui s'étendaient le long de la mer Baltique, entre la Vistule, l'Elbe et la Trave), n'employaient que du cuivre dans la fabrication de leurs armes; jamais dans leurs tombeaux on ne trouve d'armes en fer. Les Allemands paraissent aussi s'être servis principalement d'armures en cuivre. On ne trouve que des armes et des boucliers d'airain dans le lieu où Conrad Gessner, dans son livre sur les métaux, page 12, place le champ de la bataille qui se livra entre l'empereur Henri V et le duc Lôthaire de Saxe; il en est de même auprès de Beiclingen que l'empereur Henri IV prit d'assaut sur le margrave de Thuringe et de Metz: *partout on remarque que l'emploi du cuivre a précédé l'usage du fer.* Mais le cuivre, lorsqu'il est pur et sans mélange, n'a point assez de consistance pour faire une arme; il s'oxyde aussi très-facilement, et, pour lui donner les qualités qui lui manquaient, on le mêlait avec l'étain. Suivant les observations de Klaproth et d'autres, on trouve de l'étain dans tous les objets en cuivre qu'on retire des tombeaux des Vandales (1). Habituellement aussi le cuivre entre dans la

d'Hésiode. L'auteur des *Travaux et des Jours*, écrivant au moment où, dans la Grèce, on commençait à employer le fer, et prévoyant le cruel usage qu'on en ferait, se plaint seulement de n'être pas né plus tôt, *d'avoir été réservé pour cet âge de fer*, et il fait l'énumération de tous les maux qui, selon ses inspirations, devaient résulter de la fatale découverte de ce métal. M.

(1) Ce fait prouve seulement, d'une part, que tous ces objets sont de bronze, et de l'autre, que les monuments d'où on les tire n'appartiennent point à une très-haute antiquité; car nous avons acquis la certitude que les plus anciennes armes de métal étaient de cuivre, sans aucun alliage d'étain. M.

composition du bronze des anciens (1). Un fait remarquable, c'est que Göbel a trouvé, par l'analyse chimique d'une pointe de flèche tirée d'un tombeau égyptien, soixante-dix-huit parties de cuivre sur cent, et vingt-deux d'étain ; mais comme *du temps d'Hérodote les Égyptiens se servaient d'armes en fer*, cette pointe de flèche devait venir d'une époque plus ancienne, ou d'un ennemi vaincu. »

Ces nouveaux renseignements que je viens de produire auront-ils pour effet, selon mes vœux, de porter enfin dans l'esprit des artistes à qui je les adresse, la conviction dont j'ai été pénétré dès les premiers moments où, en vue de les servir, j'abordai cette question d'archéologie qui me paraissait de nature à les intéresser essentiellement? J'ai lieu de l'espérer ; aussi je crois pouvoir me féliciter d'être parvenu à réunir, pour la solution de cette question, aussi bien que pour celle relative à la position de Troie, une masse d'arguments et de témoignages telle qu'elle ne laisse plus la moindre prise au scepticisme.

Mais n'est-il pas singulier que les anachronismes dont je me suis proposé d'arrêter la fâcheuse propagation se soient maintenus jusqu'à nos jours dans les compositions les plus importantes de toutes les écoles de l'Europe? et cela quand, depuis plus d'un siècle, ils sont

---

(1) Cette observation est tout à fait superflue, puisque ce qu'on appelle justement *bronze* n'est autre chose que du cuivre auquel on allie un certain nombre de parties d'étain, ordinairement dix ou douze sur cent. M.

signalés par des écrivains des plus dignes de foi, tant de la France que de l'Allemagne. Un fait si étrange ne peut être imputé, ce me semble, à la mauvaise volonté des artistes, mais bien plus à ce que les lumières qu'il leur importerait de posséder, presque uniquement répandues jusqu'ici dans des livres assez coûteux et qui trouvent seulement place dans les grandes bibliothèques, restent, en raison de cela, ignorées même des hommes instruits avec lesquels ces artistes peuvent être plus ou moins en relation. Dans la persuasion où je suis que cette simple observation peut suffire à faire apprécier la convenance d'une proposition que j'ai énoncée il y a déjà quatre ans (1), et qui a pour objet la création d'un traité d'archéologie à faire spécialement pour l'usage des élèves de notre Académie des beaux-arts, je crois terminer d'autant plus convenablement cet article en rappelant à mes lecteurs l'existence de cette proposition, que, venant de la part d'un homme qui accomplit en ce moment sa soixante-et-dixième année, on ne pourra admettre, je l'espère, qu'il soit excité à la produire par un sentiment d'intérêt personnel.

Paris, le 1er juillet 1845.

MAUDUIT.

(1) *Découv. dans la Troade*, IIe partie, p. 145-146.

PARIS. — TYPOGRAPHIE DE FIRMIN DIDOT FRÈRES,
IMPRIMEURS DE L'INSTITUT, RUE JACOB, N° 56

EMPLOI DE L'AIRAIN CHEZ LES CHINOIS.

— ◦ —

Preuves de la priorité de l'emploi de l'airain chez les Chinois, comme chez tous les autres peuples, résultant d'observations faites sur leurs armes et leurs ustensiles anciens et modernes, ainsi que de témoignages fournis par leurs propres historiens.

Lors du départ de M. de Lagrénée pour la Chine, je l'avais prié de vouloir bien faire prendre sur les lieux quelques informations touchant la nature des premières armes et des premiers ustensiles qui purent être confectionnés dans cette importante contrée du globe. Il paraît que les occasions ont manqué pour recueillir les notions que j'avais désiré d'obtenir. Il est du moins vrai que le retour de cet ambassadeur parmi nous ne m'a procuré aucune satisfaction de la part des agents qui tenaient le plus près à sa personne. La privation absolue de tout renseignement de ce côté ne m'a pas fait perdre l'espoir d'être plus heureux ailleurs ; mais j'ai dû naturellement porter d'abord mes recherches dans les livres dont les auteurs, en raison du long séjour qu'ils ont fait dans le pays, et de la position qu'ils y ont tenue, ont paru susceptibles d'inspirer le plus de confiance.

L'œuvre qui me fut citée comme la plus propre à répondre à ma question, est l'Histoire générale de la Chine, ou Annales de cet Empire, traduite par le P. Moyria de Maillac, et publiée à Paris par souscription en 1777. Voici ce que j'ai pu lire dès la sixième page de cette histoire, laquelle se compose de treize

volumes in-4°. Il est question des faits principaux qui
marquèrent l'existence de Fo-hi, considéré, je ne puis
dire, comme le troisième prince qui, environ trois mille
ans avant l'ère chrétienne, gouverna l'empire naissant
de la Chine, mais bien comme le troisième personnage
qui exerça un assez haut degré d'autorité sur l'agglomé-
ration d'individus au milieu desquels il a pu vivre à cette
époque antérieure à toute histoire, comme le troisième
être intelligent et humain qui a pu effectivement travailler à tirer cette population de son état sauvage :

« Après ce premier règlement » (relatif aux mariages),
est-il dit dans le livre que j'ai consulté, « Fo-hi s'applique
« à connaître la nature des terres qu'ils habitaient ; et
« comme il y mit le feu pour les défricher et éloigner les
« animaux, il trouva que quelques-unes de ces terres se
« résolvaient *en fer :* il profita de cette découverte pour
« en amasser une certaine quantité dont il se servit pour
« armer le bout d'un bâton en forme de javelot, et il
« apprit à ses peuples à s'en servir pour la chasse et la
« pêche.....»

Or donc, si nous devons nous en rapporter au premier lettré qui entreprit d'écrire l'histoire de la Chine,
il n'y eut chez les ancêtres de ce peuple ni âge d'or, ni
âge d'argent, ni âge d'airain ; le premier métal découvert
et employé dans cette partie si considérable de l'ancien
monde fut le fer !... le fer ! sur le compte duquel notre
Mongez s'est exprimé comme il suit :

« D'abord on ne trouve jamais le fer sous la forme
« métallique ; il est ordinairement déguisé sous les appa-
« rences de sable, de pierre et de dépôt limoneux......
« Le minerai de fer exige, non-seulement le feu le plus

« violent et l'addition de plusieurs substances pour être
« amené à son premier degré de métalléité; de nouvelles
« opérations sont nécessaires pour rendre le métal par-
« fait; enfin les travaux de la forge demandent beaucoup
« plus de temps (un plus rude travail et des outils bien
« plus puissants) que ceux du moulage.....

« On aurait donc toute raison de s'émerveiller si
« l'usage du fer eût précédé celui du cuivre, et *l'on ne*
« *pourrait attribuer qu'au hasard un fait que les connais-*
« *sances métallurgiques font presque regarder comme*
« *impossible.* »

Le début de la traduction des Annales chinoises, due
au P. de Maillac, suffit pour nous donner la mesure de
confiance que, relativement à notre question, nous
pouvons raisonnablement accorder aux historiens dont
notre savant compatriote a reproduit fidèlement, je n'en
doute pas, les propres expressions. Quant à moi, de
même que, pour former ma conviction sur *l'Iliade,*
pour croire que ce livre, si justement honoré pendant
vingt siècles, dut être l'œuvre d'un seul auteur, d'un
être qui dut vivre dans un temps assez peu distant de
celui où se passèrent les faits qu'il nous raconte; quant
à moi, dis-je, si, pour former ma conviction sur des
questions si étrangement controversées de nos jours, il
m'a suffi des remarques que j'ai pu faire touchant l'emploi que le poete historien assigne constamment dans
ses œuvres *au fer* et *à l'airain,* de même, en ce moment,
en raison de ce peu de lignes que je viens de tirer des
premières pages de l'Histoire de la Chine, je tiens pour
certain que le lettré qui écrivit les mots équivalents à
ceux que nous venons de mettre sous les yeux de nos

lecteurs, dut vivre à une époque fort éloignée de celle
dont il prit la charge de transmettre à la postérité les
faits les plus notables, et j'ajoute qu'en ce qui concerne
la première série de ces faits, il n'a dû certainement
recueillir que des traditions qu'il ne convient d'admettre
qu'avec la plus grande réserve. Mais, comme mes lecteurs peuvent fort sagement aussi se tenir en garde
contre ce qui leur vient de ma propre personne, je
vais leur soumettre une observation à laquelle, je l'espère, leur jugement ne fera aucune difficulté d'avoir
égard : on lit, à la page vij de la préface de cette même
œuvre que nous consultons, dans cette préface exprimant l'opinion du docte jésuite, ces mots que sa cons-
cience paraît lui avoir dictés :

« Suivant la tradition constante des Chinois, l'histoire,
« depuis Fo-hi, fondateur de leur empire, jusqu'à l'em-
« pereur Chûn inclusivement, était comprise dans les
« livres *San-fen* et *Ou-tien.* Le *San-fen* n'était autre
« chose que l'histoire des trois premiers empereurs,
« Fo-hi, Chin-nong et Oang-ti. Le *Ou-tien* renfermait
« l'histoire des cinq princes qui lui ont succédé immé-
« diatement.

« Le livre *San-fen* est absolument perdu, on ne sait
« quand ni comment; il n'en reste que le seul nom et
« la tradition. La plus grande partie du livre *Ou-tien* est
« également perdue; on n'en possède plus qu'un frag-
« ment fort imparfait concernant les règnes d'Yao et de
« Chun, qui se trouve en tête du *Chou-king.* » Etc., etc.

Aussi peu satisfait que j'ai dû l'être du résultat de
mes premières recherches dans les œuvres écrites, j'eus
recours aux œuvres matérielles. Fort à propos, et

comme pour me tirer d'embarras, est survenue l'exposition que notre Gouvernement a fait faire, aux mois de juillet et août derniers, des articles recueillis sur divers points du céleste empire, par les délégués de notre commerce. Grâce à cette exposition et à l'obligeance de deux de ces délégués, MM. Rénard et Nathalis Rondot, je me suis vu dès lors en mesure de produire des faits, sinon d'une valeur assez apparente pour faire partager, dès ce même temps, à mes lecteurs ma manière de voir relativement à la question d'archéologie dont nous nous occupons, du moins suffisants pour m'autoriser à croire et à avancer que ce peuple ne peut point faire exception relativement à la proposition que j'ai soutenue jusqu'ici avec un succès qui ne m'est plus contesté, et que je n'ai jamais douté d'obtenir, tôt ou tard, je l'avoue, parce que l'opinion que je présentais dans le principe au seul titre de conjecture, n'était point basée uniquement sur des expressions positives de quelques écrivains plus ou moins dignes de foi, mais bien encore sur un fond qui manque bien rarement : *sur l'ordre naturel des choses*.

Mais revenons à l'examen de cette question en ce qui concerne le peuple chinois. On s'accorde généralement à considérer la civilisation de ce peuple comme la plus ancienne de la terre; mais on a reconnu aussi, depuis bien du temps, que ce peuple est le plus stationnaire de tous ceux avec qui nous sommes entrés jusqu'ici en relation. Si j'avais pu conserver quelque incertitude sur ce sujet, les articles de tous genres qui ont fait récemment de ma part, et à trois reprises, l'objet d'un examen attentif, auraient suffi pour porter la conviction dans mon esprit. Eu égard à la question que nous tentons de résoudre, je n'avais à porter mes observations que sur trois articles, les armes, les ustensiles et les objets d'art. Pour ce qui est des armes, il faut dire qu'elles sont pitoyables : celles qui sont encore le plus généralement en usage sont les flèches, les javelots, les piques, les lances et plusieurs sortes de glaives. Sans doute, celles de ces armes qui appartiennent à notre temps et aux troupes sur lesquelles on a lieu de croire que le gouvernement se fie le plus, ces armes sont en fer; mais, à juger par tout ce qu'il m'a été possible de voir de près, ce fer doit être généralement de mauvaise qualité et mal travaillé. Quant aux armes à feu, les guerriers chinois en sont encore à se servir de mousquets, c'est-à-dire de *fusils à mèches*, et, dans ce genre même, ils ont les armes les plus grossières qui puissent avoir existé en aucun temps, en aucun lieu; mais, chose remarquable, le canon de l'une des quatre armes de cette espèce que j'ai comptées à l'exposition, le canon de celle qui peut être jugée avoir le plus de prix, ce canon est *de cuivre.* De même, en fait d'armures, parmi les boucliers en assez bon nombre qui font partie de cette collection, il ne s'en trouvait qu'un de métal, et ce métal est *de l'airain*, c'est-à-dire *du cuivre* ou *du bronze.* Or, ce fait de l'existence d'un mousquet et d'un bouclier de cette nature au temps actuel, chez ce peuple stationnaire, est déjà un fort indice en faveur de notre opinion sur la priorité de l'emploi de l'airain chez ce peuple comme chez tous les autres. Mais une observation plus importante encore pour nous, c'est de voir cette même matière, *le cuivre*, employée également pour des ustensiles et des outils, non pas seulement pour des mouchettes, pour des marteaux ; mais, bien mieux, pour des couteaux. Dans le nombre d'objets de quincaillerie et de coutellerie exposés, j'ai vu plusieurs petits marteaux de cuivre dont le gros bout et la panne sont seulement garnis d'une mince plaque de fer, et j'ai compté huit couteaux pliants dont les lames aussi bien que les manches sont de cuivre ; le coupant seul des lames est *de fer*, disons plutôt *d'acier*.

Quant aux objets d'art en cuivre ou en bronze, j'ai à dire que ces objets fort nombreux consistent principalement en vases, en statuettes, en figures d'animaux, en miroirs et en brûle-parfums, et que tous ces objets, pour la plupart de bronze, et dont quelques-uns appartiennent à l'antiquité, sont des plus propres, tant par la nature de leur matière que par la qualité du travail, à nous maintenir dans cette pensée que l'art d'employer l'airain doit être, en ce qui concerne les métaux, celui qui fut le plus généralement connu et pratiqué chez ce peuple.

Un dernier indice me manquait : il ne pouvait m'être fourni par l'exposition. Je l'ai trouvé dans la collection particulière de l'un des délégués, M. Rondot. Cet objet, relativement à ma proposition, a une grande importance, car il est de bronze ; il appartient certainement à une haute antiquité, et de plus, par son espèce, il prouve, à mon avis, qu'au temps où il fut fait, le fer devait être alors, sinon inconnu, ce que je suis loin de prétendre, du moins, ou très-rare ou d'une mauvaise qualité. Cette pièce fut acquise à Canton par M. Rondot. Elle lui fut donnée par le marchand, pour une arme et comme appartenant à un temps si ancien qu'elle était passée

dans le pays à l'état d'amulette ou de relique. La faculté
que j'ai eue de la toucher, de bien l'examiner, me met
en mesure de déclarer que ce ne devait pas être une
arme, mais bien un outil propre à travailler la terre ou
à équarrir le bois : mais soit que cet objet ait été employé comme sarcloir, soit que, adapté à un manche
coudé, il ait servi de houe ou de hache, ou même que
ç'ait été réellement une arme, comme le marchand chinois le pensait, cette pièce *de bronze*, appartenant in-
contestablement à des temps antérieurs à l'ère chrétienne, avait déjà porté en moi la persuasion intime que,
relativement à l'emploi des métaux, ce dut être chez les
Chinois comme chez tous les autres peuples, lorsque,
encouragé par les observations que je venais de faire à
l'exposition des objets apportés par MM. les délégués,
m'étant remis à lire avec plus d'attention et de suite que
je ne l'avais fait d'abord, ces mêmes Annales dont les
premières pages m'avaient sitôt fait perdre l'espoir de
trouver plus avant la justification de ma dernière conjecture, j'obtins, au contraire, de nouveaux faits qui,
réunis à ceux que je viens d'exposer dans l'instant, me
semblent ne devoir plus laisser de prise à aucun doute,
même chez les esprits les plus circonspects.

En effet, je n'ai pas tardé, dans mes nouvelles recherches, 1° à acquérir la certitude que le passage où il est
fait mention que la découverte du fer est due à Fo-hi,
considéré à tort ou à raison par quelques lettrés comme
le fondateur de l'empire, que, dis-je, ce passage n'a
aucune authenticité, puisqu'il appartient à une série de
faits qui, n'ayant pu parvenir à la connaissance des historiens chinois que par une sorte de tradition, sont,

avec raison, révoqués en doute par les philologues les plus renommés de ces derniers siècles.

2° J'ai également acquis la conviction que le cuivre, chez ce peuple comme chez les Grecs et la plupart des autres peuples du globe, dut être employé en des temps tellement reculés qu'*aucune histoire écrite n'a pu en déterminer avec précision le premier usage ;* mais en outre, en poursuivant ces lectures, je suis enfin arrivé à voir, et cela positivement, dans l'une des parties des Annales qui inspirent généralement le plus de confiance, un témoignage, on peut dire matériel, que le métal qui fut employé dans les plus anciens temps, pour la confection des armes, dut être bien réellement le *cuivre.*

Ce dernier fait, précieux assurément, et qui paraît avoir échappé aux historiens mêmes qui ont concouru à la rédaction du livre objet de cette discussion, ce fait ressort évidemment, selon moi, de certaines expressions qui se trouvent dans un exposé de tout ce qui fut observé et pratiqué lors de l'avénement au trône de Kang-ouang, le troisième empereur de la dynastie des Tcheou, événement qui eut lieu en l'an 1078 avant J.-C., c'est-à-dire plus de 1800 ans après que le fer, si l'on s'en rapporte à la chronologie chinoise, dut être découvert et employé pour la première fois.

On peut lire dans l'exposé en question, qui dut être tracé dans le temps même de l'événement, et en vue des objets qui y sont mentionnés, qu'entre autres dispositions, le Tchong-tsai (gouverneur de l'empire) fit apporter beaucoup d'autres pièces conservées dans le trésor impérial ; et il est spécifié que, parmi ces objets, en très-grand nombre, et qui appartenaient en bonne partie à la plus haute antiquité, se trouvait un sabre *de cuivre*.

Je m'empresse de confesser à mes lecteurs que, dans la traduction que j'eus sous les yeux, il n'est pas dit positivement que ce sabre fût *de cuivre*; il y est dit *couleur de cuivre*. C'est moi qui me permets de dire *de cuivre*, parce qu'il me paraît tomber sous le sens que si l'historien chinois a pu employer, en cette circonstance, une expression équivalente à celle-ci, *couleur de cuivre*, cela tient à ce que, vivant dans un temps où, depuis bien des siècles, on n'employait plus que le fer pour la fabrication des principales armes, il n'a pu se persuader, en voyant un sabre de couleur rouge ou jaune (1), et

(1) Il est remarquable que le rédacteur des *Annales*, ayant à rapporter un fait qui se passa cinq cents ans plus tard (l'an 631 avant J.-C.), croyant spécifier convenablement de quelle matière étaient des flèches dont l'empereur Siang-ouang fit présent à son général, Ouen-kong, désigne aussi la nature de ces flèches par leur couleur : « Il lui fit présent, dit-il, d'arcs, de flèches *rouges* et *violettes*. » Assurément les flèches *rouges* étaient *de cuivre*. Quant aux flèches *violettes*, je ne doute aucunement qu'elles fussent *de fer* ou *d'acier*; car Homère, pour désigner une espèce de fer, ou peut-être l'*acier*, joint parfois au mot *sidéros* une expression que ses interprètes rendent par *sombre*, mais qui signifie littéralement de couleur violette (*ioenta*), et de plus, à notre Musée de la marine, dans une armoire qui contient beaucoup d'objets chinois, j'ai vu parmi ces objets des flèches dont les pointes coniques sont *d'acier*, et justifient par leur teinte cette qualification, de *flèches violettes*.

Le passage que je viens de tirer des *Annales* est donc important, car il nous dispose fortement à croire que, dans le VIIIᵉ siècle antérieur à l'ère chrétienne, l'acier était encore rare, et considéré comme une matière précieuse chez les Chinois, puisque les armes dont il s'agit furent données à Ouen-kong, par son souverain, comme un

ayant présent à la pensée ce qu'un livre réputé *canonique* disait de la découverte du fer, qu'en aucun temps, quelque prédécesseur de son souverain n'ait eu de meilleure arme à sa disposition qu'un sabre *de cuivre*.

Je suis du reste bien autorisé à émettre aussi positivement cette opinion, d'abord par la considération de ce qui est arrivé de nos jours au plus grand nombre des traducteurs de l'*Iliade*, qui, ainsi que je l'ai fait voir ailleurs, et pour cette même raison que je viens de dire, n'ont pu se décider à traduire l'adjectif *chalkeon* par *de cuivre*, quand ils ont dû faire l'application de cette expression à des armes offensives, telles que des pointes de pique, de lance, de javelot, des haches, des glaives ou des épées; ensuite, par une découverte non moins curieuse que j'ai faite antérieurement dans ces mêmes Annales, et dont je me dispenserai d'autant moins de dire ici quelques mots, que je la crois confirmative de mon assertion.

Oui, j'avais déjà vu avec un très-vif intérêt, dans le 1er volume des Annales, sur une planche sans numéro, qui est placée en regard de la page 115, où sont rapportés des faits relatifs au règne de l'empereur Chun, lequel, de l'an 2255 à l'an 2207, gouverna l'empire, alors assez bien constitué, de la Chine; j'avais vu, dis-je, parmi les objets qui sont représentés sur cette planche, une hache d'armes dont le dessin doit avoir été fait sur

témoignage de sa satisfaction pour une victoire éclatante que le général venait de remporter. Ce ne sera pas le dernier fait à l'appui de mon opinion que j'aurai à prendre dans les *Annales*. *Voy.*, pour l'observation relative à Homère, *Iliade*, c. XXIII, v. 850, et pour le présent fait à Ouen-kong, l'Hist. gén., tome II, p. 139.

quelque modèle considéré comme appartenant au temps de cet empereur : or, l'intention manifeste du dessinateur doit avoir été de faire voir que le taillant de cette hache devait être d'une autre matière que la masse ; car la diversité est parfaitement indiquée sur le dessin, et il ne m'a fallu qu'une médiocre attention pour reconnaître que cette hache dut être absolument conforme à celle dont il est fait mention dans une notice publiée en 1837, aux frais de la Société royale des antiquaires du Nord, où l'on nous apprend que cette arme n'avait en fer que le coupant, et que toute la masse était *d'airain* : telle devait être la hache que l'on donna pour modèle au dessinateur de la planche en question ; et remarquons que dans l'énoncé dont il s'agit, il n'est fait mention nominativement d'aucune autre arme. Ce sabre *de cuivre* était donc placé là, auprès d'un objet attribué à Fo-hi (1), non-seulement, je n'en doute pas, comme une arme ayant appartenu à quelque ancien souverain, mais comme la plus ancienne arme connue de l'empire.

J'ose me flatter de l'espoir qu'au point où cette dissertation est arrivée, il se trouvera peu de mes lecteurs qui ne me jugent très-fondé à conclure, de tout ce qui précède, que si, contre mon sentiment, on peut admettre comme réel le fait de la découverte du fer en

_____

(1) Le *Ho-tou :* c'est une figure si ancienne qu'en effet on en attribue la confection à Fo-hi. Les lettrés la considèrent comme le principe de l'écriture chinoise ; mais il paraît qu'elle est inintelligible : en tout cas, les traits dont elle se compose, et dont l'ordre est variable, ne sont susceptibles que d'un fort petit nombre de combinaisons.

Chine, près de 3ooo avant la naissance du Christ, conséquemment plus de 1500 ans avant que les Grecs aient pu, de leur côté, en faire une semblable, il ne nous faudrait du moins voir dans ce fait traditionnel qu'un cas tout particulier à la contrée où l'on nous dit qu'il eut lieu ; qu'un exemple très-notable, si l'on veut, de l'un de ces coups de hasard dont parle notre Mongez, et qui, contrairement à ce qui est arrivé partout ailleurs, aurait valu à une peuplade dans laquelle on a voulu voir, un peu inconsidérément selon moi, la souche d'un immense empire, aurait valu, dis-je, à cette peuplade, la connaissance de cette matière de fer avant celle de l'airain ; car certainement, entre la découverte de quelques fragments de fer imparfait, procuré par un incendie, et dont un peuple à peine sorti de l'état sauvage aurait pu se servir pour armer quelques épieux ; entre cette découverte et l'emploi commun et général, dans un vaste empire, de cette matière pour la confection des armes et des principaux ustensiles, il y a la distance d'au moins vingt générations ; ainsi donc, bien loin que mes conjectures sur notre question, par rapport à la Chine, aient perdu quelque chose dans mon esprit, par toutes les remarques que j'ai pu faire dans l'Histoire de cet empire, je persiste à croire, avec le docte abbé de Senones, avec Mongez, d'Arcet, et le judicieux professeur de Berlin, M. Link, que partout :

L'emploi de l'airain a précédé celui du fer.

NOTICE supplémentaire et justificative de l'assertion de l'auteur concernant l'emploi de l'airain chez les Chinois.

J'ai énoncé, dans ma dernière dissertation, des assertions qui ont pu paraître hasardées à un bon nombre de mes lecteurs; je viens ici au-devant des observations que quelques–uns d'entre eux pourraient être tentés de m'adresser, pour peu qu'ayant lu, sans y prêter une grande attention, les premiers chapitres de la traduction du livre que j'ai moi-même compulsé, ils aient pris à la lettre certaines expressions de ces chapitres, que je crois avoir appréciées comme il convient de le faire.

Si j'attache peu d'importance à ce que j'ai vu rapporté de la découverte du fer, dès la sixième page du livre en question, cela tient, je le répète volontiers, aux trois considérations suivantes :

1° Parce qu'un tel fait est entièrement contraire à l'ordre naturel des choses;

2° Parce que la partie des *Annales* où ce fait est relaté n'est point authentique;

Et 3° parce que, dussions-nous admettre que le fer fut trouvé de la sorte et à une époque aussi reculée qu'il est énoncé dans ce livre, il ne nous faudrait toujours voir dans une telle découverte qu'un fait relatif à une localité très-bornée dans son étendue, et qui, conséquemment, ne peut infirmer une proposition présentée, comme je l'ai fait, sous des rapports généraux.

Relativement au premier point, je n'ai encore rien

de mieux à faire que de renvoyer mes lecteurs à l'explication que le savant Mongez a donnée des causes
qui privèrent durant tant de siècles les habitants de la
plupart des contrées du globe, de l'usage d'une matière
aussi précieuse que le fer, pour la confection de leurs
armes et de leurs principaux ustensiles.

Quant au peu d'authenticité des premiers chapitres
de l'œuvre qui m'a été recommandée le plus particulièrement, je rappellerai d'abord que j'ai déjà justifié en
partie mon opinion sur ce point, en rapportant, p. 4,
l'observation que le P. de Maillac lui-même a faite dans
sa préface; savoir, que le *San-fen*, ce livre qui a principalement pour objet le gouvernement, on peut dire
patriarcal de Fo-hi, que, dis-je, « ce livre a été perdu;
qu'il n'en est resté que le seul nom et la tradition. »
Mais maintenant je puis ajouter qu'en général les philologues, et même les historiens chinois, sont d'accord
qu'au-delà du temps d'Yao, dont le règne fournit à Confucius le premier chapitre de son *Chou-king* (1), rien
n'a droit de notre part à une confiance absolue. Aussi
l'abbé Grosier, premier éditeur des *Annales*, dans le
discours préliminaire qu'il a inséré à la suite de la préface du P. de Maillac, répondant aux Critiques qui se
plaignaient de ce que *les premiers temps de l'histoire des
Chinois sont enveloppés d'une obscurité profonde*, après
avoir fait remarquer que l'histoire de toutes les sociétés

(1) Le Chou-king est classé par les Chinois au nombre de leurs
livres sacrés. Les auteurs du Tong-kien-kang-mou, ces mêmes Annales dont nous devons la traduction au P. de Maillac, et qui furent
rédigées postérieurement à l'an 960 de l'ère chrétienne, lui ont fait
leurs meilleurs emprunts.

a commencé ainsi, et en avoir exposé les raisons, complète comme il suit cette remarque :

« Ce n'est qu'après plusieurs générations, lorsqu'un « peuple a pris sa forme et sa consistance, qu'il songe « à rédiger ses fastes. Mais, à cette époque, les rédac-« teurs se trouvant pour l'ordinaire dépourvus de mé-« moires sur les premiers temps, et n'ayant d'autre « guide, pour en tracer l'histoire, qu'une tradition « *vague, incertaine et altérée*, c'est alors que la crédu-« lité, l'ignorance, etc....... La Chine a aussi ses fables « et ses siècles de mythologie adoptés par le peuple; « mais la partie éclairée de la nation les a toujours dis-« tingués des temps historiques, et tous les savants de « cet empire s'accordent sur l'époque qui les sépare « dans leurs annales. » (Disc. prél., p. xxx et xxxj.)

Le philologue des Hautesrayes, professeur de notre Collège royal, contemporain de l'abbé Grosier, et qui dirigea pour celui-ci, ou après lui, la publication de l'œuvre du P. de Maillac, ne montre pas une plus grande confiance que le docte abbé dans ce que les *Annales* rapportent des premiers temps de l'empire chinois; non plus qu'un autre savant du même temps, nommé De-guignes, également professeur à notre Collège royal, et interprète pour les langues orientales, qui prit pour sa part le soin de reviser et corriger la traduction que le missionnaire Gaubil a faite du *Chou-king*. On pourra croire tout à l'heure, après avoir lu les fragments que j'ai tirés des observations que ces deux écrivains ont cru devoir faire, chacun pour son compte, sur le con-tenu des œuvres historiques dont ils étaient appelés à diriger les publications, qu'en m'exprimant comme on a pu le voir à la page 11 de mon dernier écrit, je n'ai fait que m'approprier le sentiment de ces savants et judicieux éditeurs.

Voici ce qu'on peut lire, en propres termes, dans les Observations de des Hautesrayes, p. lxxj des *Annales* :

« Le P. de Mailla (1) appuie beaucoup sur les règnes « antérieurs à Yao, et ses raisons m'ont paru fortes ; « mais, en convenant qu'il doit y avoir eu *quelques chefs* « qui ont précédé ce prince, je ne voudrais pourtant « pas répondre de tous ceux qu'il admet, *et encore* « *moins des différentes inventions qu'on leur attribuë.* Les « écrivains qui en parlent sont modernes relativement à « cette haute antiquité : il ne leur restait aucun monu- « ment ancien dont ils pussent s'autoriser ; d'ailleurs les « fables sans nombre qu'ils ont mêlées à leurs *préten-* « *dues traditions*, doivent tenir en garde contre leur « fidélité, que tout, jusqu'aux noms qu'ils donnent à « ces princes, doit faire suspecter. »

Quant au sentiment de Deguignes sur ce même sujet, il est entièrement conforme à celui de des Hautesrayes et au mien, comme on pourra le voir dans les lignes suivantes, extraites de la préface que ce savant a placée en tête du *Chou-king.* On lit, p. vij de cette préface, alinéa 13 :

« Les Chinois, qui n'ont aucune connaissance de « l'histoire des autres nations, ne forment aucun doute « sur ce qui est rapporté dans ces chapitres (des cha- « pitres ajoutés à l'œuvre de Confucius, et qui embras-

---

(1) C'est à tort que l'on écrit généralement ainsi *de Mailla* : le véritable nom du docte jésuite est Moyria *de Maillac.*

2

« sent des faits antérieurs au règne d'Yao). Quant à
« nous, il faudrait être bien crédule pour admettre que
« tous ces faits ont été *écrits*, et même *sont arrivés* dans
« des temps si reculés....: Ces premiers chapitres seraient
« les plus anciens écrits qui fussent au monde ; mais,
« quand on les examine avec attention, on y remarque
« des détails *qui font naître de violents soupçons sur l'an-*
« *cien état de l'empire chinois.....* Cet empire, jusqu'à
« l'an 1122 avant l'ère chrétienne, paraît pour ainsi dire
« renfermé dans un territoire *médiocrement étendu*, je
« dirais volontiers : *dans un seul canton* (1).

« ....Tous les soins pris à la Chine pour écrire l'his-
« toire sont presque devenus inutiles. Les guerres civiles
« qui arrivèrent cinq à six cents ans avant J.-C. ont
« d'abord fait négliger les tribunaux historiques ; en-
« suite, en l'an 213 avant J.-C., l'empereur Chi-hoang-
« ti, ayant fait brûler les anciens monuments, il ne
« resta plus que quelques livres et des fragments qu'il
« est difficile de concilier. (*Ibid.*, p. xvj, alin. 29.)

(1) Telle est la pensée que j'ai voulu exprimer dès le début de
ma dissertation, du moins en ce qui tient aux temps antérieurs à
Yao ; elle me fut inspirée par ce que j'ai vu raconté dans les *Annales*
de la manière dont Soui-gin-chi, prédécesseur immédiat du soi-disant
empereur Fo-hi, s'y prenait, au dire des historiens chinois, pour
instruire *ses peuples :* il avait tout simplement fait établir une estrade
ou tribune sur laquelle il montait chaque jour pour leur donner les
leçons qu'il leur faisait, tant sur les moyens de pourvoir aux besoins
de la vie que sur les procédés qu'ils devaient avoir les uns à l'égard
des autres pour rendre réciproquement leur existence heureuse.
Assurément de telles expressions caractérisent plutôt l'acte d'un ma-
gister de bourgade, ou d'un pasteur en chaire, que celui du maître
d'un empire.

« .....Je ne dirai rien ici des règnes de Fo-hi, de
« Chin-nong et Hoang-ti, dont l'histoire n'est remplie
« que de fables. . L'histoire de Fo-hi, ainsi que celle de
« ses successeurs, jusqu'à Yao, n'a été écrite qu'après
« l'ère chrétienne. Tout ce qu'on peut en conclure en
« rigueur, *c'est que ces princes ont existé...* » (P. xxxiij,
alin. 12.)

Par l'exposé que je viens de tracer des opinions
communes à des écrivains aussi consciencieux que me
paraissent l'être les Grosier, les des Hautesrayes et les
Deguignes, je crois dissiper les doutes que l'on aura
pu conserver touchant le plus ou moins de foi qu'il
convient d'avoir dans le contenu des premiers chapitres de l'*Histoire générale de la Chine*; maintenant, pour
n'avoir plus à revenir sur la question de la priorité de
l'emploi de l'airain chez ce peuple comme chez tous
les autres, je vais soumettre à mes lecteurs quelques
considérations qui me sont propres, et qui me paraissent susceptibles de fixer leurs idées sur cette question.

En vain chercherait-on dans l'*Histoire de l'Empire
chinois et de ses Souverains*, relativement à notre sujet,
des lumières aussi vives que celles que nous avons
tirées de l'*Iliade,* pour ce qui concerne les Grecs de l'âge
héroïque; car l'auteur de cette œuvre, inépuisable en
observations de toute nature, Homère, bien réellement
historien, comme l'antiquité le reconnaît, et, de plus,
historien presque contemporain des temps où se passèrent les faits qu'il nous rapporte; Homère, dis-je, non-
seulement décrit avec une attention extrême les lieux

que ses héros ont habités ou parcourus, ainsi que leurs mœurs, les passions qui caractérisaient leur époque, l'état de leurs arts et de leur industrie; mais même, pour ne parler que des armes et des principaux ustensiles, ces articles qui font l'objet spécial de mes dissertations, il pousse l'esprit d'exactitude et de détail jusqu'à nous dire, en toute occasion, de quelle matière ces divers objets étaient composés. Or, les historiens de la Chine ont agi bien différemment : il semble, du moins en ce qui tient aux anciens temps, qu'ils aient éprouvé une sorte de répugnance, si ce n'est une défiance de leur savoir, à spécifier la nature du métal dont étaient confectionnés n'importe quels objets dont ils ont eu à faire mention. Ainsi, ayant à parler d'instruments de musique qui, à les en croire, furent inventés par Fo-hi, ce personnage quasi fabuleux qu'ils font vivre et régner deux mille huit cents ans avant l'ère chrétienne, dans la description qu'ils nous font de ceux de ces instruments qui étaient composés de cloches, ils ne nous disent pas de quel métal étaient ces cloches, non plus que douze autres cloches que l'empereur Hoang-ti fit fondre deux cents ans plus tard (vers l'an 2600), et dont les sons s'accordaient avec ceux d'autant de petits tuyaux de bambou. Ils ne nous apprennent pas non plus de quel métal étaient neuf grandes urnes que fit faire l'empereur Yu, chef de la première dynastie, et sur lesquelles ce souverain fit graver les cartes des neuf provinces dont l'empire était alors constitué (1).

(1) Il n'y a point à douter que tous ces objets, s'ils appartenaient à des temps aussi anciens, n'aient été de cuivre ou de bronze.

Nous avons vu, page 10, qu'au nombre des objets précieux par leur valeur intrinsèque, ou par leur haute antiquité, qui figuraient à l'exposition qui eut lieu à l'avénement au trône de Kang-ouang, environ onze cents ans avant Jésus-Christ, ces mêmes rédacteurs des Annales citent un sabre *couleur de cuivre*, sans spécifier autrement la nature de la matière; et, un peu plus bas, sur cette même page, que l'empereur Siang-ouang, l'an 631, également antérieur à Jésus-Christ, pour témoigner à son général Ouen-kong sa satisfaction d'une victoire éclatante que celui-ci venait de remporter, lui fit présent de flèches *rouges* et *violettes* (1); maintenant, à

(1) M. Deguignes, réviseur et correcteur, sur le texte chinois, de la traduction du *Chou-king*, due au P. Gaubil, dans les explications qu'il nous donne des planches annexées à cet ouvrage, après avoir fait cette observation, que les anciens Chinois avaient une espèce de cognée nommée *fou*, qui était ornée de peintures, ajoute : *C'est pour cela que le Chou-king parle de haches de différentes couleurs.* M. Deguignes, très-versé dans la langue syriaque, je n'en fais aucun doute, puisqu'il était, à ce titre, professeur de notre Collège royal, s'est exprimé de la sorte, selon toutes probabilités, par trois raisons : la première, parce qu'il comprenait les anciens textes chinois, comme tout étranger, si instruit qu'il puisse être, comprend la langue d'un peuple dont il ne connaît ni les mœurs ni les usages ; la seconde, parce qu'il n'avait aucune connaissance en archéologie ; et la troisième, parce qu'il n'avait pas sous les yeux, quand il s'exprimait ainsi, les objets mêmes dont il donnait l'explication, mais seulement les planches *coloriées* où ces objets étaient représentés. Ne pouvant point admettre qu'en aucun temps on ait eu des armes *de cuivre*, il s'est mépris complétement sur l'intention du dessinateur chinois ; et voyant un objet de couleur rouge, il a cru que le modèle avait été peint, tandis que la couleur qu'il voyait sur la planche indiquait seulement que l'objet réel était *de cuivre*. Les éditeurs de l'Histoire

ces deux faits déjà assez singuliers, je vais en joindre un troisième non moins notable, eu égard à la question qui nous occupe : on lit à la page 16 du premier chapitre du Chou-king, œuvre due à une tout autre rédaction que celle des *Annales* ou *Histoire générale de la Chine*, que l'empereur Yao, modifiant les peines infligées jusqu'à lui par la justice criminelle, décida qu'à l'avenir on pourrait racheter certaines fautes, non pas, comme nous le dirions, *avec de l'argent*, mais bien *avec le métal*; et, cette fois encore, il n'est pas dit avec quel métal on pouvait racheter ces fautes.

Je laisse à de plus savants que moi à expliquer les raisons que les historiens chinois eurent de s'abstenir aussi généralement de spécifier la nature des métaux que leurs ancêtres employaient; je me restreins à constater ce fait, pour en tirer cette conséquence, qu'il n'y a rien de plus convenable à faire, dans la position où leurs livres nous mettent, que de nous en tenir, relativement à notre question, aux lumières que nous pouvons puiser dans l'ordre naturel des choses. Or, l'ordre naturel des choses veut que la matière de cuivre ait été aussi généralement répandue en Chine que dans toutes les autres

générale ont été plus intelligents, ou mieux avisés; car, pour nous donner une juste idée de la chose, ils ont fait remarquer au graveur chargé de reproduire la planche coloriée qu'ils lui livraient, que la hache qui avait servi de modèle n'était point peinte, mais bien composée de deux matières, savoir : *de cuivre*, pour la masse, et *d'acier*, pour le taillant; ce que le graveur a rendu aussi clairement que le seul secours du burin lui a permis de le faire. Voyez ce que j'ai dit sur ce sujet, pag. 11 et 12.

contrées de la terre (1), et que le fer n'y ait pas été plus
facile à reconnaître, à préparer, à façonner, qu'en aucun
autre lieu du monde; conséquemment; cet ordre naturel
des choses veut aussi que ce soit l'*airain* qui ait dû être
le premier métal connu, et le plus généralement employé
dans cet empire de Chine comme partout ailleurs.

Pour couper court à toutes ces discussions, je vais
terminer celle-ci en rapportant une assertion importante
pour ma cause, qui se trouve énoncée dans le discours
préliminaire que le P. de Prémare a mis en tête du
Chou-king, et qu'il a tirée d'un ancien traité chinois. On

(1) Il est certain que les mines de cuivre sont fort communes dans
toutes les contrées de l'empire. Une seule province, celle de Yang-
tcheou, en possédait de trois espèces. Outre les cuivres que nous connaissons, ils ont un cuivre blanc, et un autre naturellement jaune. Le
cuivre blanc, est-il dit dans les *Annales*, tome XIII, page 297, est si
fin, qu'il a *le toucher de l'argent*. Un grand nombre d'expériences ont
été faites pour s'assurer qu'il ne doit sa blancheur à aucun mélange.
Quant au cuivre jaune, on dit qu'il a *le toucher de l'or*. Les Chinois
l'emploient pour exécuter différents bijoux; mais il est apporté en
Chine par les Japonais. On prétend que ce cuivre n'engendre point de
vert-de-gris.

En général, l'airain dut être très-abondant en Chine, car on le cite
comme ayant été employé à la confection de très-grands objets, tels
que des statues, entre autres une statue colossale du dieu Fo, et pour
plusieurs colonnes qui furent élevées pour marquer les limites de deux
États. Nous devons croire, si nous considérons la longue existence de
ces colonnes, que ce devaient être de véritables, de grands monuments, puisque, au temps de l'historien qui nous rapporte ce dernier
fait, on lisait encore, sur deux de ces colonnes, placées à l'entrée du
territoire de Tong-king, en l'an 40 de l'ère chrétienne, cette ins-
cription :

Quand ces colonnes seront détruites, le Tong king périra.

•lit dans ce discours, chap. XI, p. cvj, ces propres mots :

« Fo-hi fit des armes et établit des supplices : ces « armes étaient *de bois* ; celles de Chin-nong (qui suc- « céda à Fo-hi) furent *de pierre*, et Tchi-yeou en fit *de* « *métal.* »

Remarquons au sujet de ce passage : 1° que l'historien chinois contredit formellement, par cette simple asser- tion, le fait de la découverte du fer sous le gouverne- ment de Fo-hi; 2° qu'il ne fixe le premier emploi d'un métal quelconque pour la confection des armes qu'au temps de Tchi-yeou, c'est-à-dire vers l'an 2730 avant Jésus-Christ, environ deux siècles et demi plus tard que l'auteur des *Annales* ne l'a indiqué; et 3° que l'auteur de ce traité n'a pas même spécifié la nature du métal.

Il n'est pas moins remarquable que le savant Degui- gnes, qui, ayant accepté la charge de reviser et corriger le Chou-king, doit conséquemment en avoir étudié scru- puleusement toutes les parties, dans l'explication qu'il nous donne des planches jointes à cet important ouvrage, et qui positivement représentent d'anciennes armes, n'ose pas plus que ne l'ont fait les historiens indigènes, se prononcer sur la nature du métal qui les composait :

« On portait encore dans les combats (nous dit ce « philologue, *Chou-king*, p 331) des espèces de haches « à long manche. Ils en avaient dont le tranchant était « de *métal.* »

Cette observation, de la part de Deguignes, est dou- blement précieuse; car, en nous apprenant que, parmi ces armes, il s'en trouvait dont le tranchant était *de métal,* il nous porte naturellement à en conclure que la majeure partie de ces armes était d'une tout autre matière ; ce qui est d'autant plus admissible pour nous que, d'abord, à l'exposition du mois d'août dernier, nous en avons pu voir un bon nombre qui, en effet, n'étaient ni *de fer* ni *d'airain*. Ensuite ce même Deguignes, dans ce même article, nous fait connaître que, dans les anciens temps, certaines armes défensives, nommément les casques, étaient faites *de peau d'animal*, et que ce fut seulement depuis la dynastie des Tsin, fondée l'an 265 de l'ère chrétienne, qu'on commença à en fabriquer *de fer;* et enfin nous avions déjà pu voir, dans l'œuvre du P. de Maillac (t. Ier, p. 73, et t. XIII, p. 789), que les boucliers étaient aussi de cuir, et qu'en des temps assez reculés les ancres des navires étaient faites d'un bois dur et pesant que les Chinois appellent *tié-ly-mou*, ou *bois de fer*.

De telles observations, ce me semble, ne nous autorisent guère à admettre que le fer, jusqu'à cette époque, ait pu être très-commun en Chine, et surtout que son premier emploi remonte vers l'an 2950 avant J.-C. D'ailleurs, chez nous-mêmes, il n'y a pas un demi-siècle, ce métal était considéré par les bons praticiens comme une matière dont la nature n'était pas encore bien connue, et l'on était encore loin, alors, d'en tirer un aussi grand parti qu'on le fait à présent.

Si l'on ne veut voir, dans le peu de lignes que j'ai transcrites mot pour mot de la citation du P. de Prémare, qu'une supposition, on m'accordera du moins, je l'espère, qu'on ne peut non plus voir autre chose dans ce que l'écrivain rédacteur des *Annales* nous dit de la manière dont le fer aurait été découvert au temps de *Fohi*, presque à la naissance de la société chinoise. Eh bien,

soit ; j'en tombe d'accord ; c'est une supposition que
j'oppose à une supposition ; mais, dans cette hypothèse
que je pourrais rejeter, il faut cependant reconnaître
que l'avantage reste à ma proposition ; car la supposition de l'écrivain des *Annales* est celle d'un homme qui
ne montre d'autres qualités que celles que nous appré-
cions dans ce que nous appelons un littérateur, tandis
que, dans la supposition de l'auteur dont le P. de Prémare s'est fait l'interprète, si c'est une supposition, nous
voyons, à la manière dont celui-ci s'exprime, la qualité
supérieure d'un philologue habitué à se rendre compte
des faits naturels. Aussi trouvons-nous que son dire
s'accorde parfaitement avec les observations analogues
des savants du même genre que nous considérons le plus
parmi les anciens Grecs et les Latins, avec les observations d'hommes tels que les Pausanias, les Arrien, les
Pline, les Proclus, comme aussi avec tous les archéologues modernes français et étrangers qui passent à
juste titre, depuis un siècle, pour les régulateurs de l'opinion en Europe.

A mon début dans l'étude de cette question de l'emploi de l'airain chez les Chinois, je ne m'attendais pas,
je l'avoue, que mes dernières recherches, non moins
heureuses que les précédentes, auraient, entre autres
résultats, celui de prouver que l'*Archéologie* fut cultivée
dans le CÉLESTE EMPIRE, peut-être deux mille ans avant
l'ère chrétienne.

OBSERVATIONS FINALES *adressées par l'auteur aux Littérateurs et aux Artistes.*

En consignant, dans l'un de mes derniers écrits, le passage d'Arrien, que j'ai tenu de l'obligeance de M. Dübner, et rapprochant de ce passage les paroles non moins positives de Pausanias, que j'avais déjà eu l'occasion de faire valoir à l'appui de mes assertions, j'ai cru accomplir la tâche que mon zèle et mes convictions m'avaient fait entreprendre. Maintenant que j'ai ajouté à mes deux premières dissertations l'exposé des faits que j'ai recueillis sur ce qui regarde les Hébreux et même les Chinois, il me paraît que j'ai clos, bien définitivement cette fois, tout débat sur cette question de la priorité de l'emploi de l'airain chez tous les peuples : les littérateurs et les artistes pourront du moins avoir maintenant pleine confiance dans les observations que je me suis permis de leur adresser. Peut-être leur importe-t-il, dans l'intérêt de leur amour-propre, d'y avoir égard assez prochainement; car, depuis que j'ai commencé à répandre gratuitement les fruits de mes recherches sur ce sujet, la science, sur ce point, a marché sensiblement et d'un même pas dans les lettres et dans les arts. Le moment doit donc être déjà venu où les uns et les autres ne peuvent plus encourir le ridicule, comme ils ont pu le craindre dans le principe, en mettant des armes d'airain aux mains des Jason, des Thésée, des Philoctète, des Hector, des Achille, des Ajax, des Saül, et même des Romulus, des Horaces, des Scévola, des Camille, et de quelques-uns des guerriers du Bas-Empire. Oui, j'ose croire que dès à présent la raillerie ne peut atteindre au contraire, pour ne parler que des artistes, que ceux d'entre eux qui placeraient de nouveau, comme on l'a vu à notre dernière exposition (celle de 1845), une longue épée *de fer*, de forme *gauloise*, dans les mains d'un *David vainqueur de Goliath*, ou, chose plus remarquable encore, qui couvriraient *de fer* jusqu'aux ongles, ainsi qu'un chevalier du temps des croisades, et comme l'a fait le dernier lauréat de notre Académie des beaux-arts, *un soldat de Tibère enfonçant la couronne d'épines sur la tête de Jésus*. Je suis bien loin, assurément, de blâmer nos professeurs d'avoir donné un grand prix au jeune homme qui a commis un tel anachronisme, puisque son œuvre, à tous autres égards, méritait cet encouragement. Je consigne ce fait ici seulement pour faire apprécier la convenance de déférer à un vœu que j'ai exprimé il y a déjà cinq ans (1), lequel a pour objet la création d'un traité d'archéologie à faire spécialement à l'usage des artistes; et je reproduis, pour la troisième fois, l'expression de ce vœu, parce que j'ai la persuasion qu'une telle œuvre ferait honneur à la France, et que, si elle était faite comme je l'ai indiqué, embrassant tous les âges et tous les principaux peuples de la terre, ayant tous les plans et dessins qui en feraient partie, assujettis à une même échelle, elle serait demandée et accueillie dans toute l'Europe avec le plus vif intérêt.

MAUDUIT.

(1) Voyez *Décou. dans la Troade*, II.e partie, p. 145-

SOMMAIRE DES ARTICLES PRÉCÉDENTS.

I.

EMPLOI DE L'AIRAIN CHEZ LES GRECS DE L'AGE HÉROÏQUE.

Observations adressées le 3 août de l'an 1841 aux membres de l'Académie des inscriptions et belles-lettres touchant des erreurs très-graves qui se perpétuent dans les traductions d'Homère.... p. 1-24

II.

EMPLOI DE L'AIRAIN CHEZ LA PLUPART DES PEUPLES.

Authenticité des œuvres d'Homère comme récits historiques, prouvée par les relations des voyageurs modernes. — Conjecture touchant la nature des premiers instruments qui ont pu servir pour la taille de la pierre dure, des marbres et des granits, et la disparition complète de ceux de ces instruments qui ont appartenu à la haute antiquité. — Observations relatives à l'emploi des mots *cuivre*, *airain*, *bronze*. — Avis aux traducteurs futurs d'Eschyle et de Sophocle; lettre adressée à MM. Meurice et Vacquerie, auteurs de la dernière traduction d'*Antigone*. — Proposition au gouvernement français; lettres à M. Villemain, alors ministre de l'instruction publique, à Mgr le prince de Joinville et à S. M. le roi Louis-Philippe... p. 1-52

III.

EMPLOI DE L'AIRAIN CHEZ LES HÉBREUX,

la plupart des peuples de l'Asie, et quelques peuples plus modernes de l'Europe.............................. p. 1-16

IV.

EMPLOI DE L'AIRAIN CHEZ LES CHINOIS.

Preuves de la priorité de l'emploi de l'airain chez les Chinois, comme chez tous les autres peuples, résultant d'observations faites sur leurs armes et leurs ustensiles anciens et modernes, ainsi que de témoignages fournis par leurs propres historiens.......... p. 1-26

V.

OBSERVATIONS FINALES adressées par l'auteur aux littérateurs et aux artistes................................. p. 27-28